혹시모른(oxymoron) 내 마음

김민전 지음

혹시 모른
oxymoron
내 마음

①

나도 알고 타인도 아는 나
나는 알고 타인은 모르는 나
나는 모르지만 타인은 아는 나
나도 모르고 타인도 모르는 나

좋은땅

서평

    이 책은 편하게 읽어 나갈 수 있다. 예쁘고 고운 말같이 들리는 정겨운 글을 읽다 보면 자신과 타인의 마음에 대한 깊은 이해를 돕고, 정신건강 및 감정 관리에 관심이 있는 사람들에게 한 줄기 빛과 소금 같은 통찰을 준다. 저자는 사람들의 행동과 그 기저가 되는 내면의 심리를 다양한 사례로 상담가와 이야기하듯 풀어내고 있다. 총 4부로 이루어진 내용은 동일한 사건을 두고도 다르게 해석되는 관점의 차이, 이해의 차이, 수용의 차이, 역할의 차이 등을 상담의 과정으로 상세하게 보여주고 있다. 마지막 페이지를 읽고 책장을 덮고 나면, 인간관계에서 고민하는 독자들에게 시각의 전환과 함께, 스스로 성장한 자기 이해와 더 건강한 관계를 만들고 아름다운 세상을 펼칠 수 있는 자기 신뢰를 느끼게 될 것이다.

- 남승규 대전대 산업광고심리학과 교수

그녀의 이야기는 호흡을 가다듬으며 따뜻하고 정제된 언어로 상대를 향해 열려 있다. 상대의 호흡과 마음을 바라보고 멈추어야 할 때와 기다려야 할 때, 가야 할 때를 알고 현재에 머무르며 이야기를 이어나간다. 솔직하고 담백한 그녀의 글에 마음을 내어 함께 가면 어느새 살포시 잔잔한 호흡으로 고요에 머무르는 자신을 발견할 수 있을 것이다. 또한, 등장인물의 이야기를 함께 공유하고 싶은 사람들이 떠오르며 이 책을 선물하는 자신을 발견하게 될 것이다.

- 남은경 가원학교 교사

이야기의 전체적인 흐름을 상징적으로 상황을 묘사하여 읽는 사람으로 하여금 그곳에 함께할 수 있게 상황을 전개하는 것에 놀라고 감동하며 읽었다. 상징을 쉽고 아름답게 풀어내어 읽으면서 성찰할 수 있는 글이 친절하고 편안하게 다가왔다. 읽는 동안 다음 장이 궁금해지고 현실적인 문제의 해결이 시원하게 다가와서 더 몰입할 수 있었다. 특히 상징적 묘사는 은은한 감동과 감흥을 주며 잔향을 남긴다. 등장인물의 사연마다 모두 내 이야기 같고, 지인의 이야기 같아서 더욱 공감하였다.

- 문기전 광주YMCA 사무총장

모녀의 이야기를 읽다 보면 어느덧 내 이야기가 된다. 어느 적응하지 못한 사람의 이야기인가 싶어서 책장을 넘기다 보면 스멀스멀 비슷했던 나의 경험이 떠오른다. 남편을 성토하는 아내의 이야기를 열심히 쫓아가다가 나도 모르게 어느새 '하하하' 유쾌한 웃음을 터트린다. 그리고는 무엇인가 가슴을 울린다. 문득 나도 하늘의 구름을 눈에 넣고 싶고, 차를 한 잔 마시고 싶어진다.

작가의 시선은 따뜻함으로 머물기도 하고 춤을 추듯 경쾌함으로 출렁이기도 한다. 잠시 책을 덮고 머무를 수밖에 없는 시간은 어쩌면 작가가 은밀히 준비해 놓은 선물이 아닐까? 예기치 않게 만나는 '맞아떨어짐의 미학', 그 감동과 전율에 많은 이들이 초대되기를 바라는 마음이다.

- **이영세** *더원 가족상담연구소 소장*

최고의 낮아짐을 통해 이 땅에 오셔서 십자가의 상처로 우리를 치유하신다. 죽어야 사는 역설을 보여 주신 예수님의 삶이 옥시모론(oxymoron) 아니었던가.

다 이해할 수 없는 나도 모를 내 마음. 예수님의 마음으로 언제고 기다려 주며, '천천히 가 보시게요~' 한 걸음 청하는 이 책을 읽노라면 내가 그곳에 있게 되어 찻잔을 들고 앉은 듯, 삐뚤어진 내 마음 오롯이 드러나며 나도 보이고, 내 곁에 그 사람도 보여 가슴 뻐근하게 개운 해가 진다. 이 계절에 딱 어울리는 책이 아닐까?

- **이지원** *세종센터교회 담임목사*

우리가 일상 속에서 흔히 느끼고 생길 수 있는 감정 '혹시모른(oxymoron) 내 마음!'

많은 현대인이 자신에게 공감은 바라지만, 상대에게 공감은 굳이 하지 않는 모순적인 세상에서 나는 과연 어떠한 모순을 가지고 살고 있는지에 대한 생각에 심취하여 읽었습니다. 작가의 시선으로 나를 정감 있게 볼 수 있는 시간도 가져 보았습니다. 저처럼 많은 이들도 이 책을 통해 마음에 위로를 받고 공감을 받길 바랍니다.

- 조경찬 *(주)학화1934 CEO*

이 책을 읽다 보면 우리도 등장인물과 함께 작가의 '그 공간'에 들어서게 된다. 그 안에서 금방이라도 무너져버릴 것 같은 다리 위의 위태로움과 뿌리 깊이 내려버린 고목에 큰 장벽을 만난 듯한 막막함을 느끼기도 하고, 마치 내 이야기인 것 같아 인물들과 함께 묵혀둔 서러움을 꺼내놓기도 한다.

그때마다 작가는 그에 걸맞은 차를 내어온다. 때로는 고운 잎을 모아둔 녹차를, 시원하다 못해 차가운 오미자차를, 밥알이 가라앉은 달달한 식혜를 가득 따라준다. 등장인물의 호흡을 따라 한 모금씩 넘기다 보면 어느새 새로운 시작을 담아낼 수 있는 빈 잔을 만난다.

어쩌면 우리는 나에 대해 여전히 잘 모르고 있을지도 모른다. 이때 작가는 내가 모르고 있던 내면의 실마리를 찾아내어 자기 스스로 해결할 수 있도록 다정히 인도해 준다. 내가 그러했듯 여러분도 이 책을 통해 따스한 차 한 잔을 건네받길 바란다.

- BUMZU *K-POP 프로듀서 & 아티스트*

들어가기

군자는 자신에게서 구하고, 소인은 남에게서 구한다. - 공자

고운 날에 글을 썼습니다. 흐림, 맑음, 비 내림 등의 세상에서 나타내는 날씨와 상관없이 마음이 고운 날 글을 썼습니다. 글에서 만난 여덟 명의 인연과 한 명의 그곳에 있는 사람, 이 아홉 명은 우리 곁에 있는 '그 친구'일 수 있고, 어쩌면 '나'일 수도 있습니다. 이 인연들이 나거나 친구 또는 지인 중에 있다면 이 글은 실제이고, 없다면 이 글은 수필입니다. 어쩌면 실제와 수필의 그 어디쯤 글일 것입니다.

문제를 경험하는 그 당시에는 마음이 약해지고 작아지면서 사고도 얇아지고 좁아질 수 있기에 용기도 멀어질 수 있습니다. 하지만 이 인연들은 삶의 과정에서 문제가 나타났을 때 지혜를 만나려고 용기를 내어 明답을 찾아갑니다. 문제를 경험하고, 경험에서 자기를 이해하여 삶을 백전백승으로 이끌고자 하는 인연들과의 대화를 통해 지혜를 찾아가는 여정을 그려 냈습니다.

어려서부터 유독 미운 유형의 사람이 있었습니다. 말투에 애교가 섞인 여리고, 귀엽고, 보호 본능이 느껴지는 그런 여자애들이 내 마음에 늘 미웠습니다. 그냥 내가 싫어하는 스타일이라고 생각하고 살았는데 어느 날 사랑하는 사람이 생기고 난 후 깜짝 놀란 일이 있었습니다. 연인에게 보여 주는 제 모습이, 평소에는 싫어한 여리고, 귀엽고, 보호 본능이 느껴지는 그런 '여자여자' 하는 모습으로 그와 사랑하고, 사랑받는 저를 본 날은 정말 당황스러웠습니다. 사실은 제가 너무 하고 싶은 모습이었다는 것을 알게 되었을 때 참으로 놀라고 당황스러웠습니다. 군인 같은 성향으로 군대식 교육관을 가지고 계시는 부모님과 두 살 터울 오빠 밑에서 살아 내려면 저는 씩씩, 튼튼으로 자랐어야 했습니다. 제 마음 안에는 '나도 야리야리한 청순형이 되고 싶다.'였지만 삶에서는 남자보다 남자 같은 성격으로 살아야 했었기에 제가 누리지 못한 것에 대한 제 감정의 보호책으로 '말투가 애교가 섞인 여리고, 귀엽고, 보호 본능이 느껴지는 그런 여자애'를 싫어했다는 것을 알게 되었습니다. 이후 저는 한 번도 입어 보지 못한 하얀 원피스를 입었고 큐빅이 달린 구두도 신었습니다. 그리고 밀려났던 제 안에 애교와 귀여움 그리고 보호 본능을 발산하면서 살고 있습니다. 물론 지금은 이 '여자여자'한 女臣 유형의 사람을 매우 사랑합니다.

어떤 감정이 올라오면 그것은 모두 내 사고와 정서를 통해서 해석된다는 것을 알게 되면서 삶을 조금 더 수월하게 풀어내고 있습니다. 내 거울, 내 그림자, 내 미해결과제……. 이러한 것들이 부정적인 것으로

만 나타난다고 생각하지 않습니다. 누군가가 싫으면 그것은 내 모습을 투사하는 것이라고 하듯이 누군가를 존경하게 되었다면 그 또한, 내 모습을 투사하는 것으로 생각합니다. 어떠한 감정이든지 감정이 올라왔다는 건 내 안에 있는 무엇인가를 건든 것이라고 생각이 들었습니다.

이런 이야기를 친구들과 하다가 친구들이 "'이런' 대화를 할 수 있어서 너무 좋다."라고 했고 그렇다면 이런 이야기를 글로 써 볼까 하는 마음으로 용기 내어 쓰게 되었습니다.

우리가 말한 '이런' 이야기는 나를 알게 되고, 알았기에 변화할 수 있는 것을 선택하고, 선택한 변화로 인하여 성장했던 우리의 경험담들이었습니다.

이 글을 읽는 당신의 삶에서도 당신을 알고, 선택하고, 성장하는, 곱고 선한 시간이 펼쳐지길 기도합니다.

날씨처럼 살다가 나비 같은 시간에 혹여 당신과 내가 만나는 날엔 우리가 서로를 알아봤으면 합니다.

목차

2003. 12. 01

어찌나 청명이던지
어찌나 지혜이던지

그날 그렇게 만났다.

미소는 비할 것이 없었고
숨결은 천국을 알려 주었다.

천둥만큼 담대한
흰색만큼 떳떳한
새벽만큼 무결한

향기는 그곳에 있게 했고
감촉은 시공간을 무(無) 했다.

그날 그렇게
너를 만났다.

1부
—
같은 장소 다른 리뷰

"나는 외국 땅 낯선 도로에서
  딸에게 버림받은 엄마입니다."

– 어머니 –

유월절 전에 예수께서 자기가 세상을 떠나
아버지께로 돌아가실 때가 이른 줄 아시고
세상에 있는 자기 사람들을 사랑하시되
끝까지 사랑하시니라

– 요한복음 13장 1절 –

인연 맺을 분들이 오셨다.

외국에서 음악 공부하는 딸과 딸의 뒷바라지를 하기 위해 유학길에 동행한 어머니셨다. 딸의 방학을 이용해 모녀는 한국에 들어왔다. 딸에게 정신적으로 큰 문제가 있는 것 같다며 어머니께서 딸을 데리고 찾아오셨다.

「엄마가 무엇을 원하는지 알고 있어요. 제가 뭘 하면 엄마가 조용해지고 저를 한국에서나마 자유롭게 놔둘지 알고 있어요. 하지만 저는 지쳤고 이젠 싫어요. 엄마 기분을 맞춰야 해서 미안하지 않은데 사과하고, 엄마 기분 풀어드려야 해서 웃기게 해 주는 것, 더 이상 하고 싶지 않아요. 엄마가 제발 한국에 계셨으면 좋겠어요. 이번 방학이 끝나고 갈 때 저 혼자 비행기 타고 싶어요. 혼자 나갈 수 있게 엄마를 말려 주세요.」
- 딸의 경험 중 일부분 -

어머니의 경험

"우리 아이가 음악에 재능이 있고, 우리 아이도 유학 가고 싶어 하고, 선생님들도 해외로 보내는 것이 우리 아이 미래에 도움이 된다고 말씀하셨어요. 그런데 어릴 때부터 너무 순하고 착한 아이라서 해외를 혼자 보낸다는 건 마음을 놓일 수 없는 일이라서 유학 보낼지에 대한 결정은 어려운 일이었어요.

저는 사실 이제는 아이 다 키워 놓고, 말 그대로 팔자 좋은 여사님만 하면 되지만 큰마음 먹고 우리 아이를 위해 유학길을 따라나섰어요. 한국에서 편안하고 안정된 중년 여성으로서의 삶을 버리고 아이를 따라나섰지만 아이는 생각보다 유학 생활을 열심히 하지 않아 보였어요. 그럴 때마다 어르고 달래서 최고의 결과를 이룰 수 있게 지지했어요.

새벽 일찍 일어나 식사 준비를 하고 수업 픽업을 하루도 빠지지 않고 했어요. 마치 유학 생활을 제가 하는 것처럼 혼신을 하다 보니 아이가 수업 참여할 때 미숙한 모습이 자연스럽게 관찰되더라고요. 제가 관찰한 것을 알려 주고 조언해 주면 아이는 '엄마는 아무것도 몰라.'라는 듯 전혀 말을 따라 주지 않았어요. 바보 취급당하는 기분이 들었고, 밥, 빨래, 청소, 운전기사까지 해대는 딸의 하녀로 있는 듯해서 화가 났어요.

자기가 자기의 상황을 보는 것은 한계가 있지만, 옆에서 보면 다른 것이 보이잖아요. 한 명이 보는 것보다 두 명이 보는 것이 더 이로운 것을 알기에 딸이 놓친 게 있을까 노심초사하며 신중하게 딸의 유학 생활에 정말 집중했어요.

딸이 자기 스스로 보는 것을 못 하니까 제가 학교에서 레슨받는 것을 지켜보고 메모까지 해서 하나하나 알려 주었어요. 어느 엄마도 그렇게 하지 않거든요. 저만 유일하게 아이 수업에 따라가서 하루 내내 집중해서 아이에게 도움 되려고 애쓰는데도 제가 알려 주는 것은 하지 않고 끝까지 고집부리는 것이 너무 화가 났어요. 고집부리는 모습과 답답한 아이를 보면서 '아이가 심리적으로 정신적으로 조금 이상한가?'라고 생각할 때쯤 매우 큰 사건이 터졌어요.

아이가 저를 도로 한가운데 버리고 가 버렸어요. 이게 말이 되나요? 엄마인 저를 도로에 버리고 간 사건이 제게는 너무 충격이에요. 길도 모르는 곳에 버려져서 영어도 잘 못하고 샛길이라 표지판도 없고 어찌어찌해서 집까지 도착하긴 했는데 가는 길에 어찌나 눈물이 나는지 한 시간 넘게 울면서 걸어갔어요. 얼마나 화나고 속상한지 애기들 울듯이 엉엉 울면서 걸었어요. 그날 몇십 년 울 눈물을 다 울었을 거예요.

딸에게 도로 한가운데에서 버림당하고 난 후 '우리 딸이 정말 정신적으로 아픈 애구나.' 확신이 들어 몇 날 며칠 눈물이 멈추지를 않더라고요. 그런데 더 심각한 건 그 사건 이후 딸을 보면 화가 가라앉지를 않고 너무 밉고 속이 뒤집히고 그러다가도 '이러지 말자.' 하면서 저 스스로 달래다가 다시 또 딸을 보면 정말 너무너무 밉고 용서가 안 돼요. 그런데 딸은 아무렇지도 않게 밥 먹고 놀러 다니고 한국 오니 더 신난 듯 돌아다니네요. 딸을 미워하면 안 되는데 사실 너무 사랑해요. 그런데 또 너무 미워요. 우리 딸 좀 고쳐 주세요."

어머니는 딸이 자신을 도로에 버렸음에도 평상시처럼 지내며 전혀 미안함 없어 보이는 딸의 모습에서 문제 심각성을 느끼시고 딸을 '고치기' 위해 나를 만나러 오신 것이라고 하셨다.

어머니는 한참 동안 화와 슬픔이 뒤섞인 울분을 토해 냈고 괴로워하셨다. 그때 드는 내 마음은 안쓰러움이 일었다. 어머니의 해외 생활 고충과 외로움이 느껴졌고 엄마라는, 보호자라는 이름으로 고군분투했을 어머니의 모습이 그려져서 마음이 애잔해졌다. 어머니를 다독거리고 지금 겪고 계시는 괴로움에 충분한 위로와 공감을 드렸다.

같이 앉아 있는 모녀에게 어색한 기류와 미묘한 긴장감이 감돌았다.

더 힘들어하는 사람의 마음을 우선 돕는 것이 적절하다고 생각이 들어서 어머니와 먼저 하기로 했다. 나는 주제(풀어야 하는 숙제)를 볼 때 '누가 더 방어하고 있나?'에 중점 둔다. 어머니의 방어가 어진 향기로 나올 수 있도록 섬겨야 한다고 생각했다.

"아이를 혼자 해외에 보내는 게 마음이 놓일 수 없으셨고, 걱정뿐이라고 하셨는데 무엇을 놓을 수 없으셨고 무엇이 걱정되셨을까요?"

어머니는 숨 돌릴 틈도 없이 바로 말씀하셨다.

"애가 착하고 쑥스러움도 많고 그래서 낯선 곳에선 친구 사귀기도 어렵고 너무 외롭잖아요. 그리고 밥도 빨래도 한번 하지 않은 애가 낯선 곳에서 밥하고 살림하고 공부하고 그것을 어떻게 다 하겠어요? 그것이 걱정이죠."

어머니의 대답 속도는 내 말이 끝나기 전에 바로 말하는 방식으로 매우 빠르셨고 즉각적이셨다. 나는 의도적으로 어머님의 말씀이 끝난 후 틈을 두고 대화를 이어갔다. 내가 어머니의 반응 빠르기로 말하면 우리의 대화는 만담이나 랩처럼 될 수 있을 것 같았기 때문이다.

"따님이 쑥스러움이 많은 친구군요?"
"네. 우리 딸이 쑥스러움이 많고 창피해하고 낯가리고 어디 가서 나서거나 이런 것 못 해요."
"그 쑥스러움이 많은 아이가 수업에 아무도 엄마가 따라오지 않는데 본인만 엄마가 참관했을 때 어떨 것 같아요?"
"어? 제가 가서 끼어든 것이 아니라 뒤쪽에 조용히 앉아서 레슨 내용을 적거든요. 우리 딸이 놓치는 게 있어요. 아직 어려서 그런지 이럴 때 이렇게 저럴 때 저렇게 이런 요령이 있어야 하는데 그게 없어서 제가 노트에 적어요."
"그래요. 음……. 어머니에게 여쭤볼 것이 있는데 괜찮으실까요?"
"네."

"만약에, 상상해 보세요. 예를 들어 어머님께서 원데이 클래스 배우러 가세요. 케이크나 목공 같은 것을 배우실 때 남편분이 어머니 수업을 참관하신다면 어머니 마음은 어떠실 것 같으세요?"

"남편이요? 왜 따라와요?"

이때 나도 모르게 어머니가 귀엽다는 생각이 들어서 미소가 나왔다.

"그러게요. 왜 따라오셨을까요? 어머니와 같은 마음 아니실까요? 아내가 새 친구들과 유연하게 잘 사귀지 못할 것 같다든지, 남편분도 이런저런 이유로 따라오셔서 앉아 계시는데 그 원데이 클래스 수강생 중에 어머니만 남편분이 따라와서 바라봐주고 계시면 어떠실 것 같으세요?"

"싫죠. 창피하고 저 사람 왜 저래 하고."

"그렇군요. 싫으시네요. 창피하고 왜 저렇게까지 하나 싶은 생각이 드시는군요."

"네. 생각만 해도 당황스럽고 화나는데요."

어머님은 눈을 동그랗게 뜨고 상황을 몰입하시는 듯이 말씀하셨다.

"그러면 따님은 어땠을까요? 친구들과 같이 있고, 문화가 다른 외국 선생님 계시고, 영어권이라 동양에 대한 이런저런 선입견도 있을 수 있고, 그런 상황에 자기 엄마만 참관하고, 한 번도 아니고 몇 달을 참관하는 엄마, 따님 입장은 어떨까요?"

"아니, 나는 우리 딸에게 도움 되려고요. 애가 착하고, 또 배우러 갔으니 혹시 놓친 게 있으면 내가 알려 주고 그러려고요."

"어머니께서 그러시듯 똑같이 남편분이 아내에게 도움 되려고, 아내가 원데이 클래스 배우러 간다고 하니 혹시 놓친 게 있으면 남편분이 알려 주시려고 따라가서 참관하신다면 어떠실 것 같으세요?"

"그건 있을 수 없는 일이죠. 아내가 배우러 가는데 여자들만 있는 곳에 왜 남편이……. 하…….."

이 말끝에 나는 차를 한 모금 마셨다. 어머니 당신도 이 이야기 끝에 뭔가 느끼셨는지 눈빛에 미세한 흔들림이 있었다.

"그럼 내가 잘못한 거예요? 아이가 고생하니까 공부에 도움 되려고 참관해서 애쓴 내가 잘못한 건가요?"

"어머니에게 여쭙고 싶어요. 저는 어머니에게 '잘못했다'라고 말씀드리지 않았는데 왜 '잘못했다'라는 문장을 말씀하시는지요?"

"아니, 아이 입장이 어땠겠냐고 물어보셔서……. 아……. 아……. 그렇네요. 남편이 내가 원데이 클래스에 수업할 때 따라오면 더 창피하고 짜증 나고 귀찮고 오히려 수업에 더 집중이 안 될 것 같은데 우리 딸도 그랬겠네요. 아…….."

말을 잠시 멈춘 어머니와 나는 서로 눈을 바라보았다.

어머니를 보는 내 눈빛은 존경이었다.

아이 마음을 몰랐던 미숙한 엄마의 애절함과 잠깐의 대화로 역지사지를 적용한 지혜에 대한 감사함과 낯선 사람 앞에서 아이 사랑에 대한 마음 하나로 자신의 모순을 인정하는 정직성에 대한 존경이 내 눈 속에 담겨 있었다.

"따님께서는 친구들도 의식되고, 자기를 관찰하며 메모하고 있는 엄마도 의식되고, 낯선 선생님도 의식되었을 것 같아요. 지금 어머니 마음은 어떠신가요?"

"안 좋죠. 그럼, 내가 우리 딸에게 어떻게 해야 하나요?"

어떻게 해야 하는지 알고 싶으신 어머니의 다급함이 느껴졌다.

내면의 감정탐색이 익숙하지 않아서 또는, 감정을 보기가 두려워서 빠르게 외부에서 통해서 해결하는 방법을 찾는 패턴으로 갈 때가 있다. 내가 아닌 외부를 해결할 수 있는 답을 빨리 찾고 싶어 한다. 감정을 탐색하고 감정에 머무는 훈련은 내게도 여전히 중요한 일이고, 외부를 통해서 해결하고자 하는 다급함 역시 내게도 늘 점검해야 하는 수련 목록이다.

"우리 천천히 가 보시게요. 어머니께서 아이 유학을 따라간 것은, 따님에 대한 걱정 때문이셨지요. 그 걱정에는 친구 사귀기 어려운 것, 외로운 것, 살림을 병행하면서 공부하기 버거운 것이 중점이었고요. 제가 이해한 것이 맞는지요?"

"네. 제가 먼 곳까지 따라간 건 그게 전부죠. 저 그곳에서 혼자 커피 한 잔도 안 마시고 살았어요."

"애쓰셨어요. 정말 애쓰셨어요. 같은 딸 둔 엄마로서 존경합니다. 어머님 대단하세요. 그런데 어머니, 어머니의 그 사랑이 어머니 마음속 크기와 밖으로 전달되는 게 같으셔야 좋을 것 같아요. 그래야 헌신한 어머니의 사랑도 빛이 나고 그 귀한 사랑을 받는 따님도 행복하겠지요?"

"그렇죠. 아이와 싸우면 어느 것도 의미가 없어져요. 너무 속상하고 화나고 여기에 내가 왜 왔나 싶어요."

"그러면 우리 하나하나 봐보시게요. 따님이 친구를 사귀지 못할까 봐 걱정되셨지요. 그래서 외로울까 봐요."

어머니는 크게 고개를 끄덕거리셨다.

"따님이 친구를 사귀어야 하잖아요? 친구들이 따님에게 말 걸거나 아니면 따님이 친구들에게 말 걸거나 하는 상황에서 따님의 입장에서는 어머니가 참관하실 때가 더 수월할까요? 친구들과 똑같이 어머니가 계시지 않을 때가 더 수월할까요?"

이 물음에 처음으로 어머니는 잠시 생각을 하시고 틈을 두고 말씀하셨다.

"딸 친구들은 제가 있으면 더 불편해도 우리 딸은 제가 있으면 더 편할 것 같아요. 왜냐하면, 친구들은 자기들 엄마가 없으니 좀 기죽어서 우리 딸에게 말을 거는 게 어려울지 몰라도 우리 딸은 제가 있으니 더 든든해서 말 거는 게 수월할 것 같아요."

"엄마가 참관하지 않은 아이는 기가 죽고 엄마가 있는 아이는 든든해서 더 말을 걸기가 수월하다는 말씀이시네요. 그런 경험을 하신 적이 있으세요?"

"네. 어릴 때 놀이터에서 보면 엄마가 멀리서라도 지켜보고 있는 애들은 훨씬 활발하고 엄마 없이 혼자 나와서 노는 애들 보면 좀 삐쭉거리고 하더라고요. 엄마가 있으면 더 든든하잖아요."

"어릴 때 놀이터라고 하시면 몇 살을 말씀하시는 건가요?"

"유치원 때, 초등학교 저학년 때 정도요."

"지금 따님은 몇 살이지요?"

"24살이요."

"따님이 지금 몇 살이라고요?"

"24살……. 아……."

"'아'는 무엇인지 말씀해 주실 수 있으세요?"

"아……. 저는 아직 우리 딸이 애기네요."

"지금까지 우리 이야기가 어떠셨는지요?"

"애가 문제라고 생각했는데 제가 문제네요. 어떻게 해야 할까요?"

"무엇이 문제인지 명확히 보시고, 무엇을 변화시켜야 하실지 인지하시면 그다음부터는 수월하실 거예요."

어머니의 대화 진행속도가 빠르셨기에 나는 잠깐 여백을 둬야 한다고 생각했다. 충분히 머물기 위해서 순환을 하고자 했다. 나는 어머니와 미소를 주고받았고 조용한 손놀림으로 찻잔을 다시 정돈하였다. 비워진 찻잔에 차를 담았다. 바른 호흡은 순환하기에 적절한 것이기에 어머니의 눈을 보고 호흡했다. 어느 순간부터 어머니도 나의 호흡과 비슷하게 들숨 날숨의 속도가 얼추 맞춰지는 가슴 움직임을 하셨다.

먼저 말씀을 시작하실 수 있도록 어머니의 말씀을 기다렸다.

"그럼 저는 이제 어떻게 해야 하나요?"

"어떻게 하고 싶으실까요?"

"아이를 미워하기 싫어요. 제 딸이지만 보셨죠? 정말 이쁘고, 똑똑하고, 착한 아이예요."

"어떻게 하면 미워하시는 마음이 없어지실까요? 생각하신 방법이 있으실까요?"

"애가 진심으로 사과를 하고 다시는 그러지 않겠다고 해야 제가 화를 풀고 용서가 될 것 같은데 아이가 저렇게 버티니까 더 화가 나고 미워요."

만약 내가 물어보지 않았더라도 어머니 스스로 꺼내셨을 정도로, 꼭 하고 싶으셨던 말인 듯했다. 딸이 진심으로 사과하고 다시는 그러지 않겠다는 다짐하는 것으로 어머니에게는 확실하고 유익한 방법은 결정되신 것 같았다. 하지만 내 생각은 어머니의 방법과는 달랐다. 아이의 역할로 어머니의 화가 풀리는, 즉 타인의 도움이 있어야만 풀리는 수동적인 방법이 아니라 어머니가 스스로 화를 만지실 수 있는 능동적인 방법이 더 적절하다고 생각이 들었다. 나는 어머니의 방법에 대한 지지보다 더 이로운 방법을 찾을 수 있게 열쇠가 되는 물음으로 전환했다.

"따님이 왜 어머니를 도로에 두고 가 버렸어요? 어떠한 상황이었을까요? 그저 앞뒤 없이 도로에 세워서 '내려!' 하고 어머니를 버린 건가요?"

"그건 아니고요. 아이가 레슨받는 동안에 제가 아이 반 친구들과 이야기를 웃으면서 나눴어요. 그런데 수업 끝나자마자 '쌩' 하니 운전석으로 올라타더라고요. 지는 공부하는데 제가 친구들하고 웃고 놀아서 그랬던 것 같아요. 원래는 제가 운전하고 가끔 뭐 특별할 때 딸이 운전하는데 그날은 딸이 운전석에 앉아서는 날카로운 목소리로 '빨리 타!' 하고 소리를 쳤어요."

"따님이 어머니에게 크게 말했네요?"

"네. 명령하듯 제게 타라고 하는데 얼마나 민망하던지요. 화났지만 꾹 참고 차를 탔어요. 그리고 '왜 친구들에게 인사도 없이 가냐? 네가 친구들과 친해져야 엄마 마음이 편하다. 사람들 앞에서 엄마에게 큰소리치지 말아라. 내가 네 친구냐?'라고 제 속말 좀 했어요. 그랬더니 애가 운전대 잡고 울었어요. 아침부터 밥 차려, 레슨 관찰해, 친구들과 친하게 지내라고 영어도 못 하는데 애들하고 이야기하면서 친분 만들어, 울어도 제가 울어야 하는데 딸이 울길래 너무 화났어요."

"어머니께서 따님 도우시고자 한 행동들이 딸에게 전달되지 않은 것 같아서 어머니의 속말씀을 좀 하셨는데 따님이 울어서 당황스러우셨겠어요."

"그때는 당황을 넘어서 너무 화가 나고 진짜 팔짝 뛰겠더라고요."

"감정에 한계가 오셨었나 봐요."

"네. 애가 저를 도로에 버리고 차를 타고 가 버렸어요."

"따님이 울다가 도로에서 갑자기 어머니를 버렸어요?"

"네. 제가 화 나서 차 세우라고 너랑 같이 있기 싫다고 했더니 저를 버리고 가 버렸어요."

어머니는 줄곧 딸이 당신을 버렸다고 했으나, 대화를 이어가다 보니 어머니가 먼저 '같이 있기 싫으니 차를 세워.'라고 말씀하셨다. 문제 상황을 이해하는 데 새로운 방향이 제시된 것이다. 나는 이 부분을 더 집중할 필요가 있다고 느꼈다.

"따님은 울고 있었고, 어머니께서 너랑 같이 있기 싫으니 차 세우라고 말씀하셨고, 그 말을 듣고 따님이 바로 차 세워서 어머니를 버렸다고요? 이 이야기 조금만 더 자세히 듣고 싶어요."

"아니, 애가 울잖아요. 제가 뭘 잘못했다고 울어도 제가 울어야 하는데 애가 울어서, 보기 싫어서 제가 화 좀 냈어요. 차 세우라고 너랑 있기 싫다고 그랬더니 차 세우고 가 버렸어요."

부모님들이 자녀와의 문제를 말할 때 본인에 관한 말보다 문제로 집중하면서 본인에 대한 말을 아끼는 경우는 의외로 많다.

상대가 누구라고 해도 내면에 있는 모든 것을 솔직히 말하는 것에는 큰 용기에서 비롯되는 정직성이 필요하다는 것을 나는 누구보다 잘 알고 있다. 나도 내 가장 깊은 문제는 30년이 넘는 친분이 있는 사람에게나 나를 상담했던 전문가들에게 말하지 않았다. 예수님과 신뢰와 성품이 수반되어 안심되는 단 한 명에게만 말할 수 있었다. 그래서 부모님들이 본인의 이야기를 '나처럼' 축소하는 것을 누구보다 이해하고 그 부분을 사랑한다.

나는 모녀에게 있어서 차 사건은 '전환점'이라고 보았다. 어머니의 표현에서 가감되어 나오는 것에 대한 충분한 탐색이 필요하다고 생각했기에 계속해서 비슷한 질문을 드렸다.

"음……. 무엇인가 좀 빠진 것 같아요. 너무 급진적인 전개고 이야기가 뭐랄까 왠지 앞뒤에 무엇인가 빠진 것 같아요. 조금 더 설명해 주실 수 있으실까요?"

어머니의 시선이 살짝 흔들렸고 한 모금 차를 마시고 말씀해 주셨다.

이 부분에서 어머니께서 '말씀하셨다'가 아니라 '말씀해 주었다'라고 표현하는 것이 적절하다고 생각한다. 왜냐하면, 당신만 생각하시면 굳이 말씀하고 싶지 않으셨을 것이다.

말을 생략할 때는 어떤 이유에서든지, '아직은 내가 버겁다.'라는 의미일 수 있기 때문이다. 이유가 긍정적이든 부정적이든 판단하는 것은 내 몫이 아니다. 그저 아직은 버겁다고 나는 이해한다.

어머니는 우리의 목표를 위해, 즉 딸을 미워하지 않는 방법을 찾기 위해 '싫지 않음'을 감당하시고 말씀해 '주는 것'이라고 생각이 들었고 감사했다.

"제가 너무 화가 났어요. 그래서 차 세우라고 소리를 쳤어요. 화를 냈거든요."

"사실적으로 표현해 주실 수 있으세요? '소리쳐 화내셨다', 어느 정도의 강도이셨을까요?"

"크게요. 크게."

"크게? 아아악!!! 이렇게요? 지금 저의 소리보다 작았을까요? 컸을까요?"

"아마 더 컸던 거 같아요. 아아악! 으아악! 멈춰! 차 세워! 너랑 있기 싫어!"

"크게 악 지르시고 차 세우라고 멈추라고 너와 있기 싫다고 하셨군요. 조금 더 여쭤봐도 될까요?"

"하……. 네."

"몇 번 말씀하셨어요? 한 번 이렇게 말씀하셨는데 따님이 차를 멈췄어요?"

"아니요. 한 다섯 번, 여섯 번? 정도요."

"너랑 있기 싫다고 멈추라고 차 세우라고 너랑 있기 싫다고 다섯 번 이상 악을 지르셨군요."

"네."

우리는 잠시 침묵과 함께했다.

아픈 질문일 것이 예측될 때 상대에게 하는 예의는 내가 할 수 있는 가장 선한 음성으로 고요하게 질문하는 것이다. 나는 가슴에 선함을 담고 여쭈었다.

"따님이 그때 어떻게 해야 했나요? 계속해서 차를 몰고 집까지 가야 했나요? 엄마의 말을 들어야 했나요?"

"음……."

이 질문을 하면서 가슴이 아팠다.

말씀하시면서 어머니는 여러 번 그때를 회상하셨고 회피하셨다. 회상과 회피에서 갈등하셨다. 그러면서 그때의 장면은 필연적으로 떠올랐고 그 과정에서 당신의 모습과 그 옆에 앉아 있던 딸의 모습을 보셨다는 것이 느껴졌다.

아픈지 알면서도 질문을 해야 할 때 나는 성령님 뒤에 숨는다. "주님, 이 사람이 너무 많이 아프지 않게 해 주세요." 다시 역할에 임한다. 숙제를 풀려고 오셨고, 나는 그 역할을 하고자 이 자리에 있으니 호흡을 가다듬고 질문드렸다.

"우리 계속 진행해도 괜찮으실까요?"

"네."

"따님이 그때 어떻게 해야 했나요? 엄마의 그 악이 섞인 가슴 아픈 말을 몇 번이나 따님이 더 들었으면 엄마가 멈췄을까요?"

"아마 계속했을 거예요. 차를 멈추지 않았으면 차 안에 있는 것들을 던졌을 거예요."

"아……. 따님도 어쩔 수 없이 멈췄네요."

"네. 아……."

우리는 한참을 침묵했다. 마음이 같은 지점에 있을 때 침묵만큼 강한 공감이 있을까? 나는 어머니의 침묵에 함께 머물렀다.

어머니께서 약간 고양된 어조로 말씀하셨다.

"그렇지만 저를 버리고 간 긴 애가 너무한 거 아니에요?"

"우리 이 이야기를 나누기 전에 앞 이야기를 조금 더 나눠도 되실까요? 이후에 이 주제를 나누고 싶어요."

"네."

"따님이 차를 세웠다고 하는 것보다, 엄마의 강한 요청이나 명령과 같은 강한 표현으로 따님이 차를 멈췄네요. 저는 그 상황에서 따님이 할 수 있는 최선은 차를 멈춘 것이었다고 느껴지는데 어떠세요?"

"그렇네요. 아……. 그랬어요…… 맞아요……."

연이은 침묵, 그 사이 우리의 잔은 새 찻잎으로 우려낸 차가 담겼다. 나는 다소곳한 음성으로 대화를 이어 갔다.

"차가 멈춘 후 따님이 어머니를 어떻게 버렸어요? 버린 과정을 이야기해 주세요."

"차를 세우니까 제가 문 열고 나갔는데 가 버리더라고요. '쌩~' 하고 가 버렸어요."

"따님이 차를 세우고 어느 정도 시간이 지난 후에 문을 여셨어요?"

"차 세우고 바로, 즉시 제가 열었어요."

"문 여시고 뭐하셨어요?"

"거기가 이렇게 길이 샛길이 있거든요. 그 샛길로 걸어갔어요. 걷다가 보니 '쌩~' 소리가 났어요. 그래서 '아, 아이가 나를 버렸구나.'라고 알았어요."

마음이 먹먹했다. 딸이 본인을 '버렸다'라고 까지 인식해야 하는 어머니의 '도식'은 어디서부터 시작된 것일까? 무슨 사연이 있으시기에 이 상황을 버림받았다고 느끼시며 이렇게나 아파하실까? 얼마나 깊고, 짙은 사연이 어머니에게 있으셨기에 이렇게나 '버림받았다'라고 확신하며 괴로워하는 것일까? 무슨 사연인지 모르지만, 사연의 무게와 깊이, 짙음은 절절하고 강렬하게 느껴졌다.

어머니의 사연이 있는 깊은 곳으로 들어갔다. 그곳에서 밝음을 찾을 수 있을 것이라는 생각이 들었다.

"우리 다시 천천히 하나하나 가 보시게요. 어떠세요?"
"좋아요."

어머니의 말씀이 "네"가 아니고 "좋아요"라는 표현에 나도 마음이 담대해졌다.

"제가 정리해 볼게요. 맞는지 봐주세요. 따님이 울었고, 우는 따님에게 어머니가 악을 쓰시고 차 세우라고 하셨고, 차가 멈추자 바로 어머니께서 내리셨고, 샛길로 가시다 보니 차가 '쌩' 하는 출발 소리가 들리셨네요. 맞나요?"

"네. 그 '쌩' 하는 소리가 아직도 귀에 들리고 그 샛길이 생각나면 이렇게 눈물이 나요. 어떻게 저를 버릴 수 있나요?"

"'버린다'는 게 무엇인가요?"

"'버린다'가 버리는 거죠."

"'버리는 거' 어머니가 생각하시는 버리는 것이 무엇인지 말씀해 주세요."

"놔두고 가 버린 거요. 그게 버린 거죠."

"아, 놔두고 가 버리는 것이 버린 거네요. 그러면 어머니와 따님 중, 먼저 놔두고 가 버린 사람은 누구인가요?"

"딸이요. '쌩' 하고 차 가지고 가 버렸다니까요."

"따님은 그 자리에 운전석에 계속 있었어요. 누가 먼저 움직였어요?"

어머니의 눈동자가 흔들리셨다.

"저네요."

이내 어머니는 목소리에 힘을 주어 말씀하셨다.

"그런다고 차를 가지고 가 버려도 되는 거예요?"

"천천히 가시게요. 천천히. 누가 먼저 움직여서 어머니가 말씀하신 '버린다', '놔두고 간다'를 하셨을까요?"

"저요."

어머니의 대답 후 나는 어머니의 눈을 바라보았고 어머니는 책상을 보셨다. 어머니께서 내 눈을 마주치지 않은 의미를 대략 짐작되었지만 나는 어머니에게 여쭈어야 했다.

"따님이 도로에 차를 두고 엄마를 쫓아가서 잡아야 했나요?"
"그렇죠. 저는 길도 모르고 아무것도 모르는데 저를 잡았어야죠. 저는 우리 딸이 내렸으면 쫓아갔을 거예요."
"엄마가 버리고 가도 딸은 잡으러 가야 하는군요."
"그러면 그곳에 혼자 걸어가라고 하는 것이 맞나요?"
"어머니는 어떻게 생각하시는지요?"
"……."
"침묵의 의미는 무엇인가요?"
"이야기하다 보니 제가 참 그렇네요. 제가 참 못난 사람 같아요."
"그런 생각 들게 해서 죄송합니다."
"괜찮아요. 모르는 거 알려고 왔는데요. 제가 또 뭘 알아야 할까요?"

스스로에 대해 생각하지 못한 다른 각도를 보게 될 때 당혹스럽다. 특히 부정적이라면 아프다. 그런데도 타인에게 더 보게 해 달라고 말하는 것은 분명한 '용기'다. 엄마이기에 가능한 정직성이 기반을 둔 용기이다.

"무엇을 아셨는지 말씀해 주실 수 있으실까요?"

"애가 저를 버린 게 아니고…… 제가 먼저 애를 버렸네요. 한 번도 그렇게 생각하진 못했어요. 애가 저를 버렸다고 생각했어요."

"혹시 이전에 버림받은 기억이 있으세요?"

"아니요. 처음이에요. 우리 딸이 정말 착하거든요. 저를 버린 적이 없었어요."

"따님과의 관계에서가 아닌 혹시 어린 시절에 기억이나 예전에 부모님과 또는 다른 사람과 경험에서 이런 느낌, 똑같은 경험이 아니더라도 이러한 느낌을 받으신 경험이 있으실까요?"

어머니의 얼굴빛은 약간 상기되셨고 이야기를 시작하셨다.

"어릴 때 엄마가 자전거를 타고 가시는데 시골 논길이었어요. 저는 엄마 자전거를 잡아서 같이 태워 달라고 엄마 자전거를 계속 쫓아갔는데 엄마가 뒤도 안 보고 '쌩' 하고 가셨어요. 계속 울면서 쫓아갔어요. 소리 지르고 울었는데 엄마가 뒤도 안 보고 가셔서 혼자 논길, 그 좁은 샛길을 계속 울면서 집으로 갔던 기억이 있어요."

"어릴 적에 엄마와 그런 기억이 있으시네요. 몇 살 때의 기억이신가요?"

"그때가 초등학교 2학년 때예요."

"초등학교 2학년, 그 어린아이가 샛길에서 엄마를 쫓아가면서 마음이 어땠을까요?"

"처음에는 '엄마를 잡아야겠다. 자전거를 이겨야겠다.'라고 생각했는데 안 잡히니까 화가 어찌나 나던지 화가 나서 울고 소리 지르면서 쫓아갔어요. 결국에 엄마는 멀리 가 버리고 혼자 집에 가는데 화나고 슬프고 '어떻게 엄마가 나를 버리고 저렇게 갈 수 있나?' 싶어서 너무 화가 났어요. 엄마를 쫓아가다 보니 논길을 헤매면서 집에 가는 길도 헷갈리고 매일 다니던 길만 다니다가 엄마 자전거만 보고 뛰었기 때문에 다니던 길이 아니라서 집에 갈 때 헤매고 지금 생각해도 화가 나네요."

"어릴 때 일인데도 지금까지 화가 나시네요."

"엄마가 자전거 타고 쌩하고 가는 것을 보고 '나를 버렸구나.'라고 생각했어요. 집에 가는 길에 계속 씩씩대며 욕하고 갔던 기억이 나네요. 신기하네요. 전혀 기억하지 않고 살았는데 이야기하다 보니 기억이 나요."

이렇듯 우리는 기억을 잊었다고 착각할 뿐 어느 순간 의도치 않게 또는 의도해서 저 깊이 있는 기억이 떠오른다. 우연히 맡은 향기에 잊었다고 생각하는 어느 사람이 불현듯 떠오르는 것처럼 말이다.

"따님과의 차에서 경험과 그때 그 엄마 자전거 경험을 한번 같이 봐

보실까요? 어떠세요?"

"아……. 묘하게 비슷하네요."

"어떻게 비슷한가요?"

"화나고 미워서 용서가 안 돼요. 둘 다 너무 화가 나요."

상대가 이해하면 아픈 질문이 필요할 때가 있다. 가끔은 나의 질문을 상대가 이해하지 못했으면 할 때도 있다. 아픈 줄 알면서도 이런 질문을 해야만 하는 부족한 내 지식이 미안하고, 아픈 줄 알면서도 이런 방법을 써야만 하는 내 실력이 염치없기 때문이다. 모순적이게도 아픈 질문은 아픈 줄 알면서도 해야만 하는 중요한 질문이다.

자기 이야기를 자신만큼 잘 알고, 깊이 느끼고, 많이 체감한 사람은 없다. 답은 자기 안에 있고 질문이 있을 때 답이라는 것이 나온다. 답이 나올 수 있게 꺼내는 것이 질문이고, 그 질문을 하는 것이 내 역할이다. 역할이지만 아픈 질문을 하는 내가 나도 잠시 밉다.

"따님에게서 누구를 보고 계시나요? 따님에게 누구를 덧대고 계셔요?"

"네?"

"따님을 어머니의 딸로만 보고 있으세요? 따님에게서 누구를 덧대고 보시는 걸까요?"

"아? 아……."

어머니는 의식과 무의식이 교차하며 혼란스러워 보였다. 알고 싶어 하는 의식, 감추고 싶어 하는 무의식, 또는 감추고 싶어 하는 의식, 알고 싶어 하는 무의식. 매초 단위로 교차하고, 충돌하고, 혼란스러워진 후, 그 어떤 지점, 의식과 무의식의 '교집합'이라고 표현할 수 있을까?

'깨달음'이라고 해도 과하지 않은 지점에 어머니는 다다르고 계셨다고 감히 말할 수 있을 것 같다. 나는 다시 어머니에게 잔잔히 여쭈었다.

"따님에게 누구를 덧대고 계시는 거예요?"
"누구……. 아? 아……. 저요. 그리고 저를 버린……. 엄마요……."

이후 어머니와 나는 함께 울고, 앓았고, 화났고, 웃었다. 여러 날을 함께했다.

자신을 버리고 쌩 하며 떠나 버린 엄마, 엄마에게 버림받은 후 바닷가 모래보다 많은 상처와 그 상처에 잠식되지 않으려 그것을 '화'라는 것으로 포장하며 살았던 세월에 대해 긴 이야기가 이어졌다.

그 상처를 딸에게만은 절대로 느끼게 하고 싶지 않아서 어머니 당신은 받지 못한 '뒷바라지'에 혼신을 바쳤다. 아이가 기죽는 일이 없도록 어디든 따라다니셨다. 딸의 유학도 딸을 걱정하시는 마음도 크지만, 한편 '뒷바라지'라는 결핍을 풀고자 하시는 당신의 숙제라는 것을 보셨다. 이외에도 빠진 것이 없는지 신중하게 점검하며 그 '뒷바라지'를 하셨던 긴 이야기를 하셨다.

어머니 당신은, 지금의 딸 나이보다 훨씬 어릴 때, 엄마를 논길에서까지 울고 소리치며 쫓아갔다. 그런데 혼신으로 '뒷바라지'한 딸은 자신을 쫓아오지 않았다.

엄마는 자전거를 타고 쌩 하고 자신을 버렸고 딸은 자동차를 타고 쌩하고 자신을 버리고 가 버렸다. 버림 받고 걸었던 두 번의 그 길을 우리는 눈물로 함께했다.

"나도 쫓아가지 말고 그냥 집에 갈 것을……'이라는 생각이 들자 어린 제가 안쓰러웠어요. 나는 그렇게나 간절하게 쫓아갔는데 나를 쫓아오지 않은 딸에게 배신감이 느껴졌었어요. 딸이 나쁘고 잘못하고 정신이 아픈 애라고 생각했는데 제가 제 숙제를 딸에게 덧댔었다는 것도 생각하게 되었어요."

통찰은 어렵다. 그리고 쉽다.

내 결핍을 누구에게 덮고 있고 어디에서 발현되고 있는지 아는 것은 매우 중요한 것으로 생각한다. 이것은 소중한 내 자녀의 삶에도 지대한 영향을 미칠 수 있기 때문이다. 감정, 건강, 돈, 사랑, 지능, 외모 등의 결핍이 없는 사람은 없을 것이다. 나의 결핍이 부디 선한 모습으로 나타나길 바란다.

어머니는 40년 넘게 잠가 두었던 것을 열었다. 마음에 있었던 깊은 이야기를 말씀하셨고 내게 많은 질문을 하셨다.

"엄마의 자전거에 돌을 던져서 넘어뜨리고 싶었어요. 자전거를 돌로 던져서 부시고 싶었어요. 제가 화가 나면 뭘 자주 던지는데 이것도 그 기억과 연관되어 있나요?"

"학교 끝나고 비가 오는데 친구들은 엄마가 우산 들고 왔는데 저는 아빠가 오셨어요. 창피하고 화났어요. 저는 애 하고 때 너무나 데리러 가고 싶어요. 아침에 비 없다가 하교 때 비 오는 날도 기다려져요. 이것도 그 기억과 연관되어 있나요?"

이러한 질문의 유형을 자주 받는다. 나는 비춰 드리는 질문으로 답을 대신한다.

'어린 시절 노란 원피스가 너무 입고 싶었는데 형편상 입지 못하고 엄마가 된 사람이 딸을 낳으면 무슨 색 원피스부터 입히실까요?' 이 질문에 모두 '노란 원피스'라고 대답을 하신다.

'어린 시절 '로봇'이 너무 갖고 싶었는데 형편상 갖지 못하고 아빠가 된 사람이 아들을 낳으면 무슨 장난감을 주고 싶으실까요?' 이 질문에도 모두 '로봇'이라고 대답을 하신다.

어머니와 마지막 만남의 날을 맞이하였다.

"엄마가 나간 후 아주 오랫동안 문밖에서 엄마를 기다렸어요. '혹시나 올까? 먼 곳에서 나를 보고 있을까?' 결국은 오지 않으셨어요."

"'엄마가 나간 후'라고 말씀하셨어요. 인식하셨는지요?"

"그랬네요."

"'내가 버려진 후'가 아니라 '엄마가 나간 후'라고 말씀하셨어요."

"저는 제가 '버려졌다'라고 생각하면서 살았어요. 엄마가 나간 건데요."

"네."

"저는 그때를 잊었다고 생각했어요. 차 사건이 있던 날 울면서 집에 왔는데 애가 너무 평화롭게 집에 있는 것을 보고는 제가 완전히 터졌어요. 참을 수가 없어서 보이는 것을 다 던지고 소리를 치고 애에게 욕을 했어요. 생각해 보니 나는 그렇게 기다린 엄마인데 나와는 다른 행동을 한 아이를 보고 터진 것 같아요. 그런데 지금 생각은 우리 딸이 너무 기특하고 고마워요. 저처럼 문 앞에 서서 울지 않고 마음에 화를 담고 악 채우지 않고 자기 할 일 하고 있었던 딸이 고맙고 기특하고 저보다 훨씬 나아요. 우리 딸은 공주 같아요. 공주, 어릴 때도 순하고 착하고 공주 옷도 좋아했거든요."

"그렇네요. 따님이 참 기특하고 고맙고 이쁘네요. 공주네요 공주. 어머니 말씀처럼 이렇게 기특하고 고맙고 훌륭한 이 딸이 누구의 따님이에요?"

"제 딸이요."

"기특하고 고맙고 훌륭한 따님의 어머니는 누구실까요?"

"하하하 저요."

"따님이 공주 같으세요?"

"네. 차분하고 순하고 착하고 공주예요."

"공주는 누구를 아빠로 둬야 공주라는 신분이 되나요?"

"왕이죠."

"공주는 누구를 엄마로 둬야 공주라는 신분이 되나요?"

"왕비요."

"따님이 공주이시지요? 그러면 공주의 어머니 호칭은 무엇일까요?"

"왕비… 요."

"이 이야기에서 왕비는 누구실까요?"

"하하하 저요. 하하하"

"공주는 누가 낳으셔야 공주라고 호칭할 수 있지요?"

"하하하 왕비가 낳아야죠."

"그래요. 따님이 어머니가 왕비이신 것을 어릴 때부터 보여 주었네요. '엄마 나 공주야. 그러니 엄마는 왕비님이야.' 따님은 어릴 때부터 할 수 있는 효도 다 하고 있었네요."

"그러네요. 우리 딸은 공주예요. 그렇네요. 우리 딸이 효도 엄청 한 거네요."

자존감을 건강하게 펼치기 위해서 아이에게 도움받아 일어서야 할 때가 있다. 나 혼자라면 그냥 먹을 밥도 아이와 함께 먹기 위해 이쁜 그

룻에 담는다거나, 나만 생각하면 그냥 입을 옷도 아이 마음을 위해 이쁘게 차려입는다거나 할 때 아이에게 기대어 그나마 내게 무엇인가를 할 때가 있다. 아이가 공주라는 것을 잡고 엄마가 자존감을 펼칠 수 있도록 얼핏 보면 말장난 같은 질문을 여러 차례 했다.

우리의 문과 답 사이에는 눈물, 통쾌, 기쁨, 아쉬움, 서러움, 앓음 등 수많은 것들이 존재했다. 시공간에 국한하지 않고 묻고 답하는 그사이 온전한 교감으로 존재하는 것이 우리였다.

마지막 날이었지만 우리는 특별히 헤어짐이라는 색깔을 넣은 인사를 나누지 않았다. 늘 했던 것처럼, 나는 "수고하셨습니다."라고 배웅해 드렸고, 어머니는 "잘 계세요."라고 인사하셨다.

어머니도 나도 있을 곳에 그저 선하게 있기를 바라본다.

PART 2

"나는 지능 낮다고 엄마에게 무시당하는 딸입니다."

- 하은 님 -

어찌하여 형제의 눈 속에 있는 티는 보고
네 눈 속에 있는 들보는 깨닫지 못하느냐

- 누가복음 6장 41절 -

딸의 경험

"굳이 유학길에 따라오지 않아도 되는 엄마가 저를 '뒷바라지'한다는 명목으로 따라와 유학 생활 내내 히스테리를 부렸어요.

매일 아침 식사를 준비해 주시지만, 당일 컨디션에 따라 식사량을 조절해야 할 때가 있어요. 차려 준 음식을 먹지 않으면 엄마는 자기를 무시했다고 화를 내셨어요. 수업에 데려다주시면서도 음악에 대해 이런 저런 충고하시는데 엄마를 무시하는 게 아니라 엄마는 음악에 대해 지식이 없으시고 엄마에게 배울 것이 없어요. 딸의 도리로서 엄마의 충고를 몇 번 따라 해 봤다가 오히려 선생님께 혼나는 경험을 했었어요.

더 심각한 것은 엄마가 수업을 참관하시는데 엄마가 오는 학생은 저뿐이에요. 민망하고 친구들도 놀려서 엄마에게 오지 말라고 했어요. 친구들이 하는 놀림에 대해 몇 번 설명하며 엄마를 이해시키려고 노력해 보았지만, 엄마는 제 말을 무시하셨고 그 이후에도 계속해서 참관하고 계세요.

엄마가 저보고 미쳤다고 정신병원에 가 봐야 한다고 소리친 날은 정말 최악이었어요. 그날도 엄마가 수업에 참관하셨고 친구들이 엄마를 힐끗힐끗 보고 비웃으며 엄마에 대한 험담하는 수군거림을 들었어요. 속상한 마음을 애써 누르고 레슨에 집중하고 있는데 외국어가 능숙하지 않은 엄마는 그 친구들이 엄마를 보는 것에 무슨 생각을 하신 건지 오히려 그 친구들에게 다가가 어설픈 영어로 웃으며 인사를 하셨어요. 친구들은 '뭐? 뭐?' 하면 일부러 알아듣지 못하겠다는 몸짓을 하면서 피식거리며 엄마를 무시하는데 그 모습을 보니 화가 났어요.

저는 수업이 끝나고 곧바로 차에 타서 운전대를 잡았어요. 조금이라도 빨리 그곳에서 벗어나고 싶었어요. 그런데 엄마가 여전히 친구들과 웃으며 있는 거예요. 엄마를 불러서 빨리 차에 타라고 했어요. 차에 탄 엄마는 문 닫자마자 친구들 앞에서 웃던 모습은 전혀 보이지 않고 정색을 하시면서 '사람들 앞에서 엄마에게 차 타라고 명령하지 마.'라고 저에게 큰 소리로 화를 내셨어요. 또, 친구들에게 인사하지 않았다고 제 인성이 엉망이다고, 네가 그러니까 친구를 사귀지 못하는 거라고, 대인관계도 지능이라고 제 지능이 낮은 것이라고 무시하셨어요.

엄마 말도 화가 났지만, 더 화난 것은 몇 분 전까지만 해도 친구들에게는 그렇게 웃으시더니 제 앞에서는 돌변하는 엄마가 정말 가증스럽고 너무 싫었어요. 눈물이 나오려는 것을 참고 입을 꾹 닫고 갔어요. 엄마 말에 대답하다가는 사실대로 '친구들이 엄마 욕하고 있었단 말이야!

그런 것도 모르고 엄마가 그 친구들에게 가서 웃으며 인사한 거야!'라고 말할 것 같아서 입을 꾹 다물고 있었어요.

엄마는 계속해서 '왜 엄마 말에 대답하지 않냐? 나를 지금 무시하냐? 엄마가 틀린 말 했냐? 친구도 못 사귀니 내가 너를 어떻게 믿고 한국으로 가냐? 너 때문에 내가 해외에서 무슨 고생이냐?' 등등의 잔소리를 이십 분 넘게 하셨어요. 참고 참았는데 저도 모르게 눈물이 흘러내렸고 제가 우는 모습을 보고 엄마가 난리가 난 거예요. '네가 왜 우냐? 잘한 것도 없으면서 네가 왜 우냐? 엄마 말에 대답도 하지 않고 우는 이유가 뭐냐?'라며 난리를 치셨어요.

그러더니 저와 한 차에 있을 수 없다면서 차를 멈추라고 귀가 멍해질 만큼 고래고래 악을 지르셨어요. 그때 정말 정신이 멍해졌어요. 그곳이 갓길이 없어서 차를 쉽게 멈출 수 있는 곳도 아니었어요.

그동안의 경험으로 볼 때 엄마 뜻을 들어주지 않고 계속 운전을 하면 엄마의 화가 더욱 커질 것 같아 차 세울 곳을 찾고 있는데 그 와중에도 악을 지르면서 난리 치셨어요. 겨우 차를 멈췄는데 차가 완전히 멈추기도 전에 문을 열고 내리시더니 차 문짝이 부서질 만큼 세게 닫고 샛길로 뛰어가시는 엄마의 모습이 보였어요.

엄마는 버릇없이 사과도 하지 않고 저 혼자 갔다고 화내셨지만, 차를 주차할 수 있는 길이 아니어서 엄마를 따라가 달래기 어려웠고 솔직히 말해 저도 엄마와 잠깐 떨어져 있고 싶었어요.

집에 오는 길에 운전하면서도 덜덜 떨리고 저도 화가 멈추지 않아요. 집에 도착해서 마음 삭이려고 긴 시간 샤워를 하고 겨우 진정하고 있으니 엄마가 문 여는 소리가 들리더라고요. 문 여는 소리와 동시에 엄마의 울음소리와 집 안의 물건들을 던지시는 소리가 들렸어요. 신세 한탄을 섞어 욕을 하셨어요.

그때 저는 방에 있었는데 나오라고 하시더니 사과하라고 하셨어요. '어떻게 버릇없이 그냥 갈 수 있냐? 너는 버릇이 없다. 너는 사람도 아니다. 내가 이 꼴 보려고 여기까지 따라와서 고생하는 거냐?'라고 하셨어요. 거실 바닥에 앉아 악을 쓰시며 절규를 쏟아 내셨어요.

저는 그 상황이 너무 무서워서 어지러웠어요. 엄마가 어떻게 될 것 같아 미안하다고 사과하고 엄마를 진정시켰어요. 한참 동안 미안하다고 몇 번이나 사과한 후 마무리가 되었어요.

사실, 그날 엄마에게 정이 뚝 떨어지고 질렸어요. 그런데 오히려 엄마가 저와 대화단절을 하셨고 필요한 말은 메모를 써놓고 물건을 툭툭 던지고 간혹 혼잣말로 욕을 하는 모습을 보이셨어요.

저를 투명인간 취급하시며 제 말을 무시하신 적이 한두 번이 아니어서 어떻게 해야 엄마가 풀어지실지 알고 있어요. 제가 살갑게 애교 부리고 '우리 엄마 최고! 엄마가 있어서 내가 유학 생활 이렇게 편하게 해. 엄마 없었으면 너무 외로웠을 거야. 나와 같이 있어 줘서 고마워. 엄마, 음식 너무 맛있어.' 등의 말로 엄마에게 살살거리면 돼요. 하지만, 하지 않았어요. 엄마의 기분을 맞춰야 해서 미안하지 않은데 사과하고 엄마 기분을 풀어드려야 해서 웃을 수 있게 해 주는 것, 더 이상하고 싶지 않아요. 이제는 질렸어요.

　엄마가 제발 한국에 계셨으면 좋겠어요. 이번 방학이 끝나고 비행기 탈 때 저 혼자 타고 싶어요. 혼자 나갈 수 있게 엄마를 말려 주세요."

　딸의 이야기를 들었다. 엄마에게 못 한 말을 누군가에게라도 끝까지 말하고 자기의 입장에 대해 전적인 공감과 위로가 딸에게 필요하다고 느껴졌다. 나는 원 없이 말할 수 있게 경청했고 표현하는 딸의 기억에 그대로 따랐다. 그리고 딸로 살면서 감내하며 지켜온 엄마에 대한 사랑과 엄마에 대한 의리에 경애를 표현했다.

　"이렇게 만나 줘서 고마워요. 우선 호칭을 제가 뭐라고 하면 좋을까요? 따님? 제가 뭐라고 호칭했으면 좋으실까요?"

　"그냥 이름 하은이, 하은 씨요."

　"하은 씨는 우리의 만남이 필요하다고 생각하시나요?"

　"처음에는 '내가 무슨 문제가 있나? 이런 것은 엄마가 필요한데.'라고 생각했는데 와서 하다 보니 이번 기회에 제게도 문제가 있을 수 있으니 좋은 경험이 될 것 같아요."

　"여러 이야기를 들려주었는데 무엇부터 다뤄 볼까요?"

　"엄마가 한국에 계셨으면 좋겠어요. 저 혼자 살 수 있거든요."

　"그러시군요."

　"꼭 혼자 지내고 싶은 건 아니지만 엄마를 위해서 그냥 한국에 있으면 좋겠어요."

"혼자 지내고 싶은 건 아니다. 엄마를 위해서' 이 이야기 조금 더 듣고 싶어요."

"저 때문에 엄마가 자꾸 힘들다고 하시니까요. 사실 엄마는 엄마가 스스로 힘들게 하세요. 차에서 난리 난 날도 엄마가 친구들에게 계속 말을 하시니까 친구들이 분명 엄마 말을 알아들었는데도 '발음 구려.' 라는 느낌으로 계속 무시하면서 '뭐? 뭐?' 했어요. 또 한번은 저번에 친구와 식사를 했어요. 차가 밀려서 10분 정도 늦었는데 친구에게 미안하다고 20번을 넘게 사과를 하시는 거예요. 듣다 듣다 그 친구가 제게 한국말로 '나는 괜찮아요.'가 뭐냐고 물어보고 제가 '괜찮아요.'라고 가르쳐 줘서 친구가 한국어로 '괜찮아요.'까지 했는데도 그 후에도 몇 번을 더 미안하다고 하시더라고요."

"엄마는 하은 씨 때문에 힘들다고 표현하시지만 하은 씨가 보기엔 엄마 스스로가 힘들게 하시네요. 10분 늦은 약속에 사과를 20번이나 넘게 딸의 친구에게 사과하시는 것도 엄마가 스스로 힘들게 하시는 것으로 보이시군요."

"네. 왜 그러시는 거예요?"

"그러게요. 엄마는 왜 20번 이상을 사과하셨을까요?"

"왜 그러시는지 그걸 모르겠어요. 자꾸 무시받는 행동을 스스로 하시는 것 같아요. 도대체 왜 그러실까요? 진짜 궁금해요."

"엄마가 하시는 행동이 엄마 스스로 무시를 만들어 내는 행동 같은데 왜 그러시는지 궁금하시군요?"

"네. 그때도 친구들이 엄마를 무시하면서 '뭐? 뭐?' 이렇게 하는데 눈치 충분히 눈치챘을 것 같거든요. 그런데도 계속 그 친구들과 하……. 화나고 속상해요. 그러지 않으시면 좋겠어요."

"저도 우리 엄마가 다른 사람에게 무시받는다고 느껴지면 속상하고 싫을 것 같아요."

"엄마는 너무 과하게 하세요. 사람들은 엄마의 그런 모습에 고맙다고 하지 않거든요. 오히려 불편해하고 귀찮아하고 무시하는 게 보여요."

"만약, 다른 사람들이 엄마의 20번 넘은 사과하는 행동을 감동하고 감사하면 그때 하은 씨 마음은 어떤가요?"

"그래도 저는 싫어요. 그렇지만 엄마가 사람들에게 감사받으면 그건 엄마의 행복이 될 수 있으니 그건 그럴 수 있을 것 같아 이해는 할 수 있을 것 같아요."

"엄마의 사실적 행동보다는 엄마가 받는다고 하는 '무시'가 싫으신 것 같아요. 제 말이 무슨 뜻 같아요?"

"엄마가 하는 행동 자체가 싫다가 아니라 그 행동에서 상대방 반응들이 싫다?' 이렇게 이해돼요."

하은 씨의 말은 '확' 시작되었기에 내가 촘촘해져야 한다는 생각이 들었다. 비워진 찻잔에 조용히 차를 따랐다.

"그럴 수 있을 것 같아요. 저는 무시하는 사람 정말 싫어하거든요. 저는 사람 무시하는 게 세상에서 가장 나쁘다고 생각해요."

"하은 씨는 무시하는 것을 세상에서 가장 나쁘다고 생각할 만큼 싫어하시는군요."

"네. 저는 그런 사람들하고는 절대 친해지고 싶지 않아요. 그래서 친구 사귀는 게 시간이 걸리는데 엄마는 저보고 하……. 대인관계도 지능이라고, 제가 지능이 낮다는 말이잖아요."

"무시하는 사람을 싫어하는군요. 세상에서 가장 나쁘다고 생각하시고요. 그래서 친구도 사람을 무시하지 않은 친구를 사귀려고 신중하시고요."

"네 맞아요. 그런데 저보고 지능이 낮다고…. 하……."

"신중하게 친구를 사귀려 했는데 엄마께서 속상한 말씀을 하셨네요. 우리 이 부분 더 진중하게 이야기하면 좋을 것 같아요. 어떠세요?"

"네. 괜찮아요."

앞선 긴 이야기를 듣는 동안 하은 씨가 가꾸어 온 공원의 '조경사' 마음으로 함께했다.

공원의 '이 부분에 내 역할이 필요해서 부른 것이구나.'라고 생각했고 염두에 두면서 하은 씨 안내에 귀 기울이며 함께 걸었다. 그런데 내가 염두에 둔 '이 부분'이 아닌 '요 부분'을 지속해서 하은 씨가 강조하는 마음이 들렸다. 강조한 '요 부분'은 무시였다. 나는 얼른 내가 보았던 '이

부분'에서 강조하는 '요 부분'으로 마음을 옮겼다. 무시는 '이 부분'보다 더욱 세밀하고 강렬한 '요 부분'이었다. 더 세밀하고 강렬하게 강조한 '요 부분'인 무시를 나는 함께했다.

그리고 하은 씨의 직관적 속도를 맞추기로 했다. 충분히 소화할 수 있으니 속도를 내는 것이라는 생각이 들었다.

"엄마가 난리 치셨다는 그날, 하은 씨가 엄마에게 차 타라고 한 건 무엇이었나요?"

"네?"

"엄마는 사람들과 이야기를 나누고 계셨고, 함께 집에 가야 하는 딸이 엄마에게 말도 없이 급하게 차에 타서, 차 안에서 '빨리 타'라고 엄마를 불렀다고 했지요?"

"네."

"하은 씨가 엄마에게 한 것은 무엇인가요?"

연하게 입을 다물고 눈을 깜빡거리며 생각에 잠긴 듯했다. 먼저 말할 수 있게 기다렸다.

"엄마 입장에서는 저도 엄마를 무시했다고 느끼셨을까요?"

"엄마 입장에서는 어떠셨을까요?"

"생각해 보니 그런 거 같아요. 엄마가 구차해 보였어요. 뻔히 저와 잘 지내라고 친구들에게 웃으며 대하시는 게 다 보이거든요. 저는 그게 진짜 구차해 보여요."

"방금 '생각해 보니 그런 거 같다.'라고 하셨지요. 그 생각을 제게도 들려줄 수 있는지요?"

"그날 생각이 났어요."

"'그날'이라면 어떤 날인가요?"

"그 차 사건이 있던 날이요."

"엄마가 차에서 난리를 치셨다는 날을 '그날'이라고 말하셨군요."

"네. 생각해 보니 그랬던 거 같아요."

"무엇을 '그랬던 것' 같으세요?"

"엄마를 무시했어요."

"그 차 사건이 있던 날을 생각해 보니 '엄마를 무시했다.'와 '엄마가 구차해 보였다.'가 무슨 연관성이 있나요?"

"제가 가장 싫어하는 '무시'를 저도 하네요. '구차해 보여서 무시하고 빨리 차 탔어요. 정말 몰랐어요. 저는 정말 무시하는 사람들 싫어하고 진짜 나쁘다고 생각했는데 제가 엄마에게 그런 생각을 했다니 아, 믿어지지가 않아요."

시곗바늘이 돌아가고 있었고 나는 찻잔을 조용히 바라봤으며 하은 씨는 다시 말을 시작했다.

"그러면 그때 제가 어떻게 해야 했나요? 저는 화난 것을 참고 수업 끝내기도 힘들었어요."

"수고했어요. 애썼어요. 그 마음이 얼마나 복잡했을지 감히 짐작이 가요. 엄마는 친구들에게 무시당하는 것 같고, 나는 수업에 집중해야 하고, 마음 지키고 있었던 것만으로도 충분히 애쓰셨어요."

"진짜 화났어요. 하지만 저는 저까지 엄마를 무시하고 싶지 않아요. 제 엄마라서가 아니라 좋으신 분이고 엄마와 잘 맞을 때도 많아요. 그리고 저는 엄마를 너무 사랑해요. 지금도 엄마가 좋아서 뽀뽀해요."

"엄마가 좋으시네요. 엄마를 사랑하시고요."

"그럼요. 우리 엄마가 진짜 좋아요. 저는 그런 사람 되기 싫어요. 어떻게 해야 해요?"

"어떻게 해야 할까요?"

"모르겠어요."

"그거 하시면 돼요."

"네?"

하은 씨의 화법은 주어가 명확하지 않았다. 혼자만 알 수 있는 듯한 결론만 말할 때도 있다. 결론을 먼저 말하는 화법은 상대가 혼동하기 쉽고 오해하거나 '뭐지?'라는 당황함을 발현시키는 장면이 생겨날 수 있다. 하은 씨의 경우는 아마도 머릿속에 생각이 어디선가 생략되어 결론 또는 자신이 중요하다고 생각하는 핵심만 나오는 것 같았다.

함께 하는 동안 우리의 대화방식이 서로에게 무의식으로 물들길 바랐다.

"그거 하시면 돼요."

"'그거'라고 하시는 게 무엇을 말하는 거예요?"

"어떻게 하는 방법은 앞에 하은 씨가 다 말씀하셨어요. 세상에서 가장 나쁘다고 생각하고 싫어하는 사람이 무엇을 하는 사람이라고 하셨지요?"

"무시……. 무시하는 사람이요."

"가장 나쁘다고 생각하고 싫어하는 그거 하지 않으면 돼요."

하은 씨는 차를 한 모금 마신 후 내 눈을 바르게 보고 말했다.

"그때 엄마에게 제가 어떻게 해야 했는지 알고 싶어요. 어떻게 해야 하는지 모르겠어요."

나는 이 말이 '무시라는 것을 정말 싫어해서 근처도 가지 않는다고 생각했지만, 사실은 무시에 묶여 있어요.'라고 들렸다.

"무시의 반대말이 무엇이라고 생각하세요?"

"무시 반대말……. '존경'인가? 뭐지? 잘 모르겠어요."

"주관적으로 생각하는 무시의 반대말 말해 주시면 좋아요."

"저는 음……. 한 번도 생각해 본 적은 없지만……. 소중한, 중요한, 귀중한인 것 같아요."

"소중한, 중요한, 귀중한이 무시의 반대말이군요. 왜 그렇게 생각하는지 들려줄 수 있나요?"

"소중하고 귀중한 것은 무시할 수 없어요. 싫어질 때 질릴 때가 있어도 귀중하고 소중한 것은 다시 중요해지니까요."

"그렇군요. 의미가 깊네요. 무시하기 싫다고 했지요? 엄마가 아닌 사람을 무시하신 적이 있으세요?"

다시 침묵이 왔다. 이곳에서의 침묵은 조용함이 아닌 '숙고'라는 작업이기에 겸허했다.

하은 씨는 난처함이 묻은 입꼬리를 살짝 올렸고 그 후 말을 시작했다.

"깜짝 놀란 게 저는 다 무시하고 있었던 거 같아요. 유학 가서 친구들과 친해지지 못했거든요. '너희는 중요하지 않. 내 목표는 성공이야.' 이 생각을 매일 했어요. 그런데 이게 무시잖아요? 깜짝 놀랐어요."

우리는 판단 없는 미소를 섞었다.

"깜짝 놀랐어요? 지금 기분은 어떠세요?"

"아……. 좀 그렇네요. 찝찝하고 좀 그래요. 아……. 엄마 무시하면 안 되는데요."

"네. 엄마를 무시하면……. 계속 이어가도 될까요?"

"네."

"하은 씨를 소중하고, 중요하고, 귀중하게 대해 준 사람이 있나요?"

"지금 생각나는 건 남친이요."

"남자친구요? 그 이야기 좀 더 해 주세요."

"떨어져 있잖아요. 이렇게 방학 때만 나와서 볼 수 있어요. 떨어져 있을 때 남친이 영상 통화하자고 할 때 귀찮긴 한데 또 그냥 톡만 보내면 서운하고 그래서 제가 귀찮아했다가 서운했다가 그러는데도 남친은 제가 너무 소중하대요."

"하은 씨도 남자친구가 소중한가요?"

"그렇죠. 유학 정보 알려면 진짜 고생해요. 컨설팅 찾아다니고 그 컨설팅 회사도 알아봐야 하고요. 얘도 유학 준비하고 있어서 제가 정보 찾아주고 있어요. 제가 먼저 와 있고 남친이 고생하는 게 싫고 얘가 제게는 소중한 사람이니까 아는 거 다 알려 주거든요. 제가 알려 주면 '우와, 너 없으면 나는 어떻게 사냐?' 이러는데 오바인 거 알면서도 기분 좋고 그래요."

사랑의 힘은 대단하다. 음성이 꽃망울로 변했다. 남자친구 이야기만으로 경쾌해지는 빠른 속도의 말투가 되었다. 내 호흡을 정돈했다. 꽃망울 음성에 나 또한 호흡이 빨라지는 것이 아닌지 호흡 점검을 하고 미소로 쉼을 주었다.

"남자친구가 하은 씨 얼굴 보려고 영상통화를 원하고 도움받고 오바 해서 좋아하는 것이 어떤 기분을 들게 하나요?"

눈동자에서 빛이 났다. 그리고 명확히 말했다.

"제가 소중하고 남친 인생에 중요한 사람이라는 기분이요. 그냥 막연 히 기분 좋았는데 이 질문받고 생각해 보니 그게 '저를 소중하다고 생 각하는 것' 같아서 기분이 좋았던 거 같아요."
"소중하고 중요한 사람이라는 기분은 하은 씨에게 어떤 의미인가요?"

침묵이 이어졌다. 이번 침묵은 상쾌했고 향기가 났다. 우리는 바닷가 의 윤슬 같은 반짝임의 눈빛을 침묵 속에서 주고받았다. 연한 미소와 반짝이는 눈빛과 한시름 놓인 듯한 고운 호흡이 한참 동안 우리와 함께 했다.

"엄마에게도 이렇게 하면 되는 건가요?"
"'이렇게'가 무엇인가요?"
"남친이 하는 것처럼 도움받으면 오바해서 표현하는 거요."

"왜 그렇게 생각하셨어요?"

"저도 남친이 오바하고 '너 없었으면 내가 어떻게 이것을 알았겠니.' 라고 하면 자존감이 올라가요. 아? 아? 음."

"아, 음이 무엇인지 말해 주세요."

"제가 엄마에게 해야 하는 게 이거네요. 저는 엄마가 자존감이 정말 낮다고 생각하거든요. 그래서 '미안하다, 죄송하다'를 엄마가 다른 사람들에게 하신다고 생각해요. 엄마와 같이 있으면 저까지 자존감이 떨어지는 것 같아서 진짜 싫거든요."

"몇 가지 더 물어보고 싶은데 어떠세요?"

"네."

"남자친구와 다툼이 있을 때 남자친구가 미안하다고 잘못했다고 사과만 한 적 있으세요?"

"아니요. 미안하다고 사과만 할 때는 없어요. 남친이 재치 있어요. 호호호"

"그러면 만약 상상해 보게요. 내가 삐지고 화가 났는데 남자친구가 미안하다고 사과만 하면 어떨 것 같으세요?"

"더 짜증 나죠. 미안할 짓을 왜 해요?"

이때 나는 웃음이 났다. 어머니와 함께할 때 '남편이 왜 와요?'라고 했던 어머니의 말투가 덧붙여 보였기 때문이다.

"더 짜증이 나는군요. 그리고요?"

"안 풀리죠. 사과만 바라는 게 아닌데 사과만 하면 '어쩌라고' 하는 생각이 들 것 같아요."

"사과만 바라는 게 아니군요. 또 무엇을 바라는 거지요?"

"화난 상황에 설명이 있고, 나를 생각해 주고, 사과에도 진정성이 있고 뭐 그런 거요. 화 난 이유마다 조금씩은 다를 것 같긴 해요."

"이것을 그대로 엄마와 하은 씨 관계로 가져와 보세요. 하은 씨는 어떻게 엄마를 대하셨나요?"

왼편 벽 쪽에 앉아 그윽하게 나를 바라보는 고목나무가 있었다. 한 땀 한 땀의 성실함으로 만들어 낸 정직한 작가의 퀼트 작품이 하은 씨에게 기운을 주고 있었다. 전등은 밝음으로 제 몫을 하고 있었고, 공기는 무색으로 제 몫을 하고 있었고, 찻잎은 들어내지 않은 향기로 제 몫을 하고 있었다. 선한 기류가 우리에게 넘실거렸다.

"저는 그냥 사과만 했어요. 그것도 진심이 아닌 채로요. '그래, 엄마가 원하니 해 주자. 이게 빨리 끝내는 방법이다.' 이렇게요."

"진심!!이 아닌 채로 '그래, 엄마가 원하니 해 주자. 이게 빨리 끝내는 방법이다.' 이건 무슨 마음인가요?"

나는 의도적으로 '진심'이라는 단어에 힘을 주어 질문한 후 차를 마셨고 하은 씨는 한숨을 쉬어내며 이어 말했다.

"이것도 무시죠. 치우는, 빨리 치우는."

우리는 동시에 큰 숨을 내쉬었다.

"그러면, 이렇게 해도 돼요? 엄마가 사과하라고 할 때 사실 저는 미안하지 않거든요. 그런데 엄마를 사랑하긴 해요. 그러면, 그냥 '엄마 사랑해.'라고 해도 돼요?"

"어떨 것 같아요?"

"안 될 거 같아요."

우리는 장난기 있는 눈짓이 오고 갔다.

"그러면 어떻게 해요?"

"화가 났는데 남자친구가 앞뒤 없이 '하은아, 사랑해!' 하면 어떨 것 같아요?"

"아! 하……. 음……."

나는 머물렀고 하은 씨는 진중했다.

"일단 사과는 해 주고 내가 얼마나 소중하고 중요한 사람인지 말해 주고 그다음에 화난 그 일에 대해 말하고 사랑 고백하기……. 이게 좋을 것 같아요."

"'이게' 좋다니 무슨 말인가요?"

"저도 엄마에게 이렇게요. 엄마가 난리 칠 때는 일단 사과를 해 주고, 엄마가 제게 잘해 주신 것도 많거든요. 그것을 말하고 그다음에 남친처럼 내 입장도 말하는 거요."

물드는 것은 어렵다. 그리고 쉽다.

"엄마가 난리를 치실 때도 엄마에게 하실 수 있으시겠어요?"

"난리는 치시지만, 엄마는 저 어떻게 못 하세요. 제가 부탁하거나 애교 피우면 엄마는…. 호호호"

"'자식 이기는 부모 없다.'네요."

"네."

"하은 씨가 말한 것처럼 문제 상황이 생겼을 때 잘잘못을 떠나서 내가 화났다는 이유만으로 사과해 주는 사람이, 나를 소중하다고 다독거리면서 또 이성적으로 상황에 관한 이야기도 나누고 사랑 고백까지 해 준다면 더없이 행복할 것 같아요."

"네."

"우리 삶에서 적용하시게요."

분명 같은 상황에 함께 있던 사람이 다른 이야기를 하는 경우가 있다.

식당 종업원의 서비스가 나는 불쾌했는데 같이 간 친구는 전혀 느끼지 못해서 내가 불쾌감을 표현할 때 친구는 '너 오늘 예민한 거 같아.'라고 말을 할 때, 시댁 또는 처가댁에서 분명 나는 속상했고 기분이 나쁘고 상처를 받았는데 함께 있던 배우자는 오히려 편안했다고 표현하면서 내가 경험한 것이 착각이나 오해라고 할 때가 있다.

어머니는 '딸이 나를 버렸다.'라고 말씀하셨다. 딸과의 대화에서 '버렸다'라는 단어 자체가 나오지 않았다. 딸은 '엄마가 무시했다.'라고 말했다. 어머니와 대화에서 '무시'라는 단어 자체가 나오지 않았다.

어머니는 딸이 당신을 버렸다고 했고, 딸은 엄마의 뜻을 들어주었다고 했다.

딸은 엄마가 자신을 무시한다고 했고, 어머니는 딸을 위해 헌신했다고 했다.

두 사람은 정확하게 '사랑해요'라는 말을 했다.

하은 씨와 만남 후 여운이 남았다. 여운은 궁금함으로 색깔을 바꾸었다.

내게 '무시'의 반대말은 무엇일까? 사전적 의미를 찾아보았다. (무시 : 사물의 존재 의의나 가치를 알아주지 아니함.)

핸드폰을 열어 가족 챗방과 친구들 단체 챗방에 "'무시'의 반대말은 무엇인지 주관적인 답을 듣고 싶어."라는 글을 적었다. 마주보기, 사랑, 섬김, 애정, 정성, 존경, 존중, 정성 등의 비슷하면서도 각각의 단어를 보내왔다.

　남편은 존중이라고 했고, 나는 관심이라고 했다.
　우리 딸은 '주의를 기울이다.'라고 했다.
　주의를 기울이는 게 무시의 반대말이라고 한다면 나는 우리 딸을 수차례 무시했다. 하지만 내게 무시의 반대말은 관심이기에 나는 우리 딸을 무시한 적이 없다. 나의 관심은 오직 딸, 조금 더 정직하자면 나를 덧댄 우리 딸이기 때문이다.
　내가 인연 맺었던 이 모녀처럼 우리 딸과 나는 사랑한다.

장미

꽃이 얼굴이라 하지만
아니어요 아니어요
사실
꽃은 나의 치마일 뿐이어요

얼굴이 이뻐 나를 원한다 하여
차마
말하지 못했지만
아니어요 아니어요
사실
꽃은 나의 치마일 뿐이어요

내 얼굴 가시가 많아

내 얼굴 푸른빛이라

내 얼굴 볼품없어

차마 차마

말하지 못하였을 뿐이어요

꽃이 얼굴이라 하지만

아니어요 아니어요

이쁜 얼굴 갖은 나는 가시 많다 말하지만

아니어요 아니어요

가시가 많은 얼굴이라

예쁜 치마 입은 것뿐이어요

2부

—

천생연분 or 전생원수

PART 1

"남편이 의처증 같아요."

- 예선 님 -

내가 새벽 날개를 치며 바다 끝에 가서 거주할지라도
거기서도 주의 손이 나를 인도하시며
주의 오른손이 나를 붙드시리이다

- 시편 139편 9-10절 -

꽤 오랜 인연이 이어지고 있는 예선 씨는 사랑하는 남자와 결혼을 했다. 이후 예쁜 딸을 낳고 아이가 초등학교에 입학하고 예선 씨가 다시 복직하는 세월 동안 나와 꾸준한 인연을 이어 가고 있다. 종종 삶에서 문제가 생기거나 해결하기 어려운 상황에서 함께할 사람이 필요할 때면 감사하게도 이곳에 문을 두드린다.

우리는 달에 몇 번을 만날 때도 있고 년에 한 번 만날 때도 있다. 몇 달 만에 만난 날이었다. 오랜만에 만나도 잔잔하고 자주 만나도 잔잔한 예선 씨와 인연은 참 좋다.

우리는 참신한 인사를 나눴다.

"오신 이유가 있으셨을까요?"

"하……. 진짜 창피해서 아……. 저번 주에 눈이 엄청 온 날 있었잖아요. 그날 제가 야근이 있어서 같은 아파트 산다는 둘째 동생이 딸을 저녁에 봐줬거든요. 애가 저녁을 먹지 않아서 동생이 애를 좀 혼냈나 봐요. 그래서 애가 이모에게 혼났다고 말하려고 제게 전화를 했는데 그때 제가 전화기를 잠깐 잃어버렸었어요. 제가 전화를 받지 않으니 애가 아빠에게 전화해서 울며 저와 연락이 되지 않는다고 했대요. 어른이면 '엄마 아빠와 통화했어. 괜찮아. 아빠가 엄마한테 다시 전화해서 전화하라고 할게.'라든지 해야 하잖아요. 어른 같이 애를 달래는 말을 해야 할 거 아니에요? 그런데 거기에 대고 '엄마가 전화를 안 받아? 언제부터?' 그러면서 전화를 끊었다는 거예요. 애는 이모에게 혼나고 엄마에게 연락 안 되고 아빠가 급한 목소리로 말하니 겁먹고 아……. 진짜 말하면서도 화나요. 그렇게 하고 이후에 저희 친정에, 동생들에게, 제 친구들에게 다 전화를 한 거예요. 기가 막힌 건 회사에 전화한 거예요. 회사가 몇 명 근무하는 곳도 아니고 전화받는 분만 해도 몇십 명 되고 하물며 그 전화받으신 분들은 제가 누군지도 몰라요. 그런데 제 부서 말하고 연락이 안 된다고……. 하……. 제가 전화 찾아서 봐보니까 남편 번호가 두 통 찍혀 있고 애가 동생 전화로 두 통 찍혀 있더라고요. 그때가 7시 5분 정도였는데 제가 전화 찾은 시간이 8시 10분이었거든요. 그 한 시간 사이에 일어난 일이에요. 문자를 보니까 회사 번호로 담당자가 누군지도 모르는데 '누구 씨 댁에서 연락되지 않으시다고 급하시다고 연락해 주라고 하십니다.' 이렇게 회사 번호로 하……. 문자가 와 있는 거예요. 파출소에도 전화했었대요. 아……. 이건 의처증 같아요. 진짜 싫어요."

격한 감정으로 말을 하셨고, 목이 말라서 중간중간 차를 취했다. 내게 전해야 하는 말이 급해서 차는 그저 입안에 물기를 적시는 용도였고 차를 '마신다'라는 표현이 맞지 않을 것 같았다.

"식구와 친구에게 전화한 것과 회사와 파출소까지 전화한 게 창피하셨군요."

"친구에게 전화해서 저 좀 찾아 달라고 했대요. 친구가 뭐라고 생각하겠어요? 제가 무슨 잘못이나 하고 다니는 사람처럼 그 한 시간을 못 견뎌서 이리저리 전화하고 친구도 '네 남편 좀 이상해.'라고 하는데 제가 창피해서 진짜. 그 뒷날 회사에서는 물어보는 사람도 없긴 했어요. 그렇지만 제가 너무 싫어요. 말은 하지 않지만, 그 사람들이 알긴 아는 거잖아요. '저 사람 남편과 연락되지 않아서 남편이 회사에 전화했던 사람이야.' 이렇게요. 의처증 같아요. 이거 병이죠?"

몸을 의자에 뉘었다가 다시 몸을 책상 앞으로 당겼다가를 여러 차례 반복하고 눈이 커졌다가 미간이 찌푸려졌다가를 쉴 틈 없이 반복하였다. 창피했던, 난처했던, 속상했던 마음이 안쓰러워 그 마음에 대해 공감을 했다. 공감을 받은 후 못다 한 말을 이어서 하셨다.

"맞아요. 진짜 너무 속상했다니까요. 이번이 두 번째예요. 전에도 이런 적이 있었거든요. 제가 소리 지르고 화를 냈더니 저보고 아직 속이 없다면서 남들 생각과 남들 눈이 뭐가 중요하냐고 하는 거예요. 자기는 남들 생각이나 남들 눈 그런 거 하나도 걱정되지 않는다면서요. 그 이야기 들으니 더 화가 나는 거예요. 또 하겠다는 거잖아요? 남편 의처증 맞지요?"

남편이 의처증이 맞냐고 물어보는 질문에 나는 대답을 경유했다.

"소리 지르고 화까지 냈던 것에 남편분 반응이 '그래, 내가 생각이 좀 짧았네. 네 입장 이해하지 못했네. 나도 주의할게.' 등등의 말씀으로 나왔다면 다음에는 하지 않겠다는 표현이니까 '그래 이미 저질러진 일 이번은 내가 참자.'라고 넘어가거나 했을 텐데, 남편분께서 '남들 눈이 뭐가 중요하냐?' 이러한 반응이 '나는 잘못 없다. 이런 경우가 또 생기면 나는 또 할 거다.'라는 말 같아서 더 답답하고 화나셨겠어요."

"맞아요. 진짜 어떻게 해야 해요? 진짜 너무 창피해요. 친구들도 다 '네 남편 좀 바뀌어야 해.'라고 하는 거예요. 바뀔 수나 있을까요? 바뀌지 않을 것 같아요. 그런데 이거 바뀌어야 살지 제가 뭘 하다가 다른 것에 몰두해서 상황이 생겨서 전화를 두세 시간 못 받을 수도 있잖아요. 그러면 그때마다 이런다는 건데 남편이 바뀌어야 살지 이건 아닌 거 같아요."

말을 하면 하실수록 감정이 더 올라오고 다시 생각해도 남편의 행동이 이해가 되지 않고 이해되지 않음이 답답해서 입이 계속 마르는 것 같았다. 비워지는 찻잔에 적절하게 차를 채워드렸다.

"남편분이 바뀌어야 한다고 생각하세요?"
"그럼요. 바뀔 방법이 있어요?"
"남편분이 바뀌실 방법……. 아, 남편분이 바뀌실 방법……."

예선 씨가 몸을 책상으로 붙이면서 긴급하게 말했다.

"뭐예요?"

예선 씨가 목마르게 열변한 '그날'의 이야기로 인해 우리는 호흡이 뜨거워졌다. 나는 뜨거움이 잠시 식어야 한다고 생각했다. 뜨거움은 따뜻함과는 달리 우리가 이어야 할 대화의 편안함에 이롭지 않기 때문이다.
나는 내 앞의 빈 찻잔에 차를 천천히 따랐고 예선 씨의 잔을 봤다. 찻잔에 반쯤 남겨진 차가 비워지길 눈으로 보고 있었다. 눈빛을 읽으셨는지 찻잔을 비웠고 비워진 잔에 차를 천. 천. 히 채웠다.

"우리 딸이 지금 몇 학년이죠?"
"1학년이요."
"저번 주처럼 눈이 엄청 오는 날 1학년 딸이 하교 시간에 집에 오는 시간에서 한 시간 동안 연락이 되지 않는다면 예선 씨는 어떻게 하시겠어요?"

"아……. 저는 애기가 아니잖아요."

오랜 인연인 것이 다시 체감되었다. 내가 풀어가는 패턴을 아는 예선 씨는 질문을 훅 밀어냈다.

"맞아요. 예선 씨는 1학년 애기가 아니죠. 저도 알아요. 그냥 이 부분만 보시고 따라와 주세요. 눈이 엄청 오는 날 하교 시간이 지나도 아이가 오지 않고 한 시간 정도 연락도 되지 않아요. 예선 씨는 어떻게 하시겠어요?"

"학교 선생님께 전화해서 물어보죠."

"학교 선생님이 '저는 몰라요. 학교에서는 집에 갔어요.' 이러시면 그다음은요?"

"하원 도우미 선생님께 전화하죠."

"두 번째로 하원 도우미 선생님께 전화하시네요. 하원 도우미 선생님도 '몰라요. 갔어요.'라고 하시면요?"

예선 씨는 인내심의 한계가 왔는지 탄식에 가까운 한숨을 내쉬셨다. 약간은 짜증 섞인 목소리와 한숨 섞인 음성으로 말을 이어가셨다.

"무슨 말씀인지 알겠는데 체감이 안 돼요. 애는 애고 저는 저잖아요. 와닿지 않아요."

이번에는 더 세게 훅훅 밀어내셨다.

보여 줘야 할 것이 있는데 고운 인연이 이렇게 나를 밀어낼 때 나는 어르고 달래서 붙는다. 붙어 안긴다. 보려고 오셨고 '봐야' 하기 때문에 보여 드리기 위해서는 밀어낼 때 어르고 달래서 붙고 포옥 안긴다.

"체감되지 않더라도 일단 이 부분만, 이 부분만 보시게요. 그냥 그대로 따라만 오시게요. 하원 선생님도 모른다고 하면 어떻게 하세요?"
"애와 친한 친구에게 전화하겠죠."
"세 번째로 애와 친한 친구에게 전화하시네요."
"네."
"애가 연락되지 않으면 예선 씨도 여러 곳에 전화하시네요."
"하죠."

시큰둥하셨고 애써 답해 주셨다.

"그러면 여기서 한번 보시게요. 담임 선생님께 처음 전화할 때 엄마의 마음과 두 번째 하원 선생님께 전화해서 모른다는 말을 듣고 난 후 엄마의 마음은 어떤 차이가 있을까요?"

"음……. 더 다급해지고 집 앞에서 기다리지 못하고 단지 앞까지 나갈 것 같아요."

"마음이 다급해지네요. 그래서 더 잘 보이는 단지 앞까지 나가시고요."

"네."

"전화한 친구도 자기는 집에 와서 그 후로는 모른다고 세 번째로 모른다고 말을 들을 때 마음은요?"

"흠……. 그때는 심장이 떨리고 별생각이 다 들겠죠."

"그런 후에는요?"

"경찰서에 전화…… 해야죠."

"경찰서에 전화하시네요."

"아, 그런데 애잖아요. 저는 애가 아니고요."

"그래요. 예선 씨는 어른이시죠. 맞아요. 남편분이 애에게 하는 방식을 쓰셔서 속상하신 거고요."

예선 씨는 나와의 대화에서 남편에게 느낀 '대화 통하지 않은 답답함'을 다시 느끼신 것 같았다. 입술을 뜨고 눈동자를 위로 올리며 몸으로 그 답답함을 표현했다. 거의 다 왔기에 나는 예선 씨가 밀어내는 것에 다시 한번 붙어서 포옥 안겼다.

"눈이 엄청 오는 날, 선생님들도 가장 친한 친구도 우리 아이를 다 모른다고 하면 한 시간이 한 시간일까요? 사실적 시간은 한 시간이지만 그럴 때 엄마가 느끼는 체감적 시간으로는 몇 시간일까요?"

눈빛이 조용히 연해지면서 잠깐 생각하셨다.

"음……. 서너 시간 될 것 같아요."

"체감은 서너 시간이네요."

"그런 상황에서는 그렇죠."

"그렇다면 남편분에게 한 시간은 우리가 생각하는 한 시간이 아니었을 수도 있겠네요."

"음……. 네."

"남편분이 예선 씨와 같은 방법으로 선생님들께, 친구들에게, 경찰서에 전화한 것은 틀리거나 나쁜 방법이 아니고 내 마음과 같은 방법이네요."

"그렇죠. 아이인 경우에는! 그렇죠."

지루하고 답답한 과정을 견뎌 주고 따라와 줄 수 있게 도와준 그간 쌓인 신뢰에 감사했다. 나는 총명함을 눈빛에 담아서 단정하게 예선 씨께 전했다.

"남편분의 방법 자체가 틀린 거라고 보시나요?"

"애 경우는 맞죠. 그런데 제게는 아니죠."

"저도 왜 남편분이 아이에게 쓰는 방식을 아내에게도 쓰셨는지 이게 참 궁금해요. 두 분의 관계설정이 어떻게 이뤄졌는지 말씀해 주실 수 있으실까요?"

"네?"

"남편분이 아이에게 할 듯한 방식으로 아내의 한 시간 '부재'를 다루셨잖아요. 왜 아내를 애에게 쓰는 방식으로, 딸에게 쓸 법한 방식으로 상황을 풀어보려, 알아보려, 해결하려 하셨을까요? 두 분의 관계는 동등한 부부이신가요? 어른과 어른, 성인 남자와 성인 여자가 함께하는 동등한 부부로 자리하고 계시는가요?"

"아……. 아……. 어쩐지……."

"지금 생각하시는 거 말씀해 주세요."

"남편이 제가 '뭐 해 줘. 뭐 사 줘. 어디 보내 줘.' 이럴 때 제 눈빛이 바뀐다고 여러 번 말했어요. 호호호"

"이게 무슨 뜻인가요?"

"애기처럼 바뀐다고 반짝반짝 빛난다고 하더라고요. 아……. 그래서 그런 것이구나. 호호호"

"'그런 것이구나.'가 무엇인가요?"

"제가 남편에게 애기처럼 보이고 그러면 남편은 제가 귀여워서 제 부탁 들어주고 저는 제가 원하는 거 이뤘으니 좋아하고……. 제가 좋아하니 남편도 기분 좋아서 다시 애기처럼 대하고……. 아! 그래서 남편이 저를 애기처럼 대하는군요. 계속 눈치 없이 시도 때도 없이 그러네요."

"남편분이 눈치 없이 시도 때도 없이? 그러게 남편분, 시와 때는 가리셨어야지, 왜 그러셨을까요?"

"<u>호호호호</u> 아, <u>호호호호</u>"

몇 차례 밀어내셨고 몇 차례 붙어 포옥 안겼다. 그리고 함께 웃었다.

"다시 이 부분 조금 더 이야기해 볼까요?"

"네."

"성인으로 아내 위치에 계신가요? 어린 자녀 위치에 계신가요? 남편분과의 관계에서 어떤 위치에 계신가요?"

"아······. 그렇게 자주는 아니긴 한데 남편이 저보고 '귀엽다, 철이 덜 들었다.' 이런 말을 자주 하긴 해요."

"남편분이 '귀엽다, 철이 덜 들었다.'라고 자주 표현하시네요."

"그렇긴 한데······. 그렇게 자주는 아닌데······."

끝을 흐리는 말투로 시간이 필요한 것을 표현하는 것 같았다.

나는 창밖으로 보이는 하늘이 하도 예뻐서 하늘 위에 있는 예쁜 구름 하나와 눈을 맞추었다. 예선 씨는 의자에 포근히 기대어 한참 생각하셨다. 충분히 생각하고 먼저 말하기를 기다렸다.

"또 일이 있었어요. 우리 애가 밥을 정말 먹지 않아요. 이렇게 해도 저렇게 해도 밥을 먹지 않아서 너무 걱정이고 저도 진짜 문제라고 생각했어요. 만나는 사람마다 다 이만큼 먹고 어떻게 사냐고 걱정하고 동생이 밥 먹이면서 고개를 절레절레 흔들었대요. 그래서 제가 애에게 물어봤어요. 진짜 분위기 좋게 조용히 눈치 봐서 딱 말할 타이밍에 '왜 밥을 안 먹어?' 그랬더니 애가 '이런 거 먹으면 살쪄.' 이러는 거예요. 진짜 깜짝 놀랐어요. 이거는 딱 제가 하는 말이거든요. 제가 남편이 뭐 먹자고 하면 '그런 거 먹으면 살쪄.' 이렇게 말하는데 톤까지 똑같이 하는 거 보고 '이건 진짜 문제다.' 싶었어요."

"아이는 생각보다 엄마를 많이 닮으면서 살아가지요. 아이가 말 톤까지 똑같이, 내가 한 말 그대로 하면서 먹지 않겠다고 했다니 많이 놀라셨겠어요."

"내가 잘 먹으면 잘 먹을 수 있겠구나.' 싶어서 제가 이것저것 가리지 않고 먹고 야식도 한 번씩 먹으니 또 먹더라고요."

주제를 전혀 다른 맥락으로 전환하는 예선 씨의 마음이 보였다. 전환된 이야기는 문제가 생겼지만 자각해서 곱게 풀어냈다는 내용이었다. 짐작건대 '남편과의 이 문제도 자각되었다.'라는 것을 암암리에 내게 전달하는 것이라고 예측되었다. 하지만, 점검은 중요하다.

"상황이 생기면 상황을 읽고 어디서부터 시작되었는지 보시고 해결점을 찾고 찾은 것을 그대로 행동으로 옮기시고 대단하세요. 아이를 위해 음식 골고루 섭취하는 엄마, 훌륭하세요. 아이에게 훌륭한 엄마이시고 남편분과의 관계에서는 어떤 위치의 아내인가요?"

"아……. 자주는 아닌데……. '뭐 해 줘. 뭐 사 줘.' 이럴 때 하는 거 같은데……."

"무엇을 '자주' 무엇을 '하는 거' 같으세요?"

"호호호호 그러면 제가 어떻게 해야 해요?"

'남편이 바뀌어야 한다.'에서 '내가 어떻게 해야 하나.'라고 사고가 변화되는 지점은 경이롭다.

"평상시에는 아이 위치에 계시다가, 특정 상황에서 '왜 나를 아이 취급하느냐?'고 하시면 남편분은 난처하실 것 같아요."

"그렇겠네요. 호호호 그래서 남편이 제가 화내고 소리 지르니 뜬금없이 '립스틱 사 줄까?' 이러는 거예요. 그때 너무 화가 났어요. '미친 건가?' 싶더라고요. 지금 상황에 갑자기 '립스틱 사 줄까?' 이러면 제가 좋다고 '응 사 줘.' 이럴 그거로 생각했는지 남편이 미친 줄 알았어요. 생각해 보니 제가 우리 딸 달랠 때 '뭐 사 줄게.' 이러거든요."

나는 맑은 질문을 했다.

"아이 위치에 있으면서 좋은 점이 무엇인가요?"

맑음에 비친 예선 씨 얼굴은 쑥스럽고 멋쩍은 옅은 붉은 기를 스치셨다.

"기분 좋지 않을 때 남편에게 받는 선물도 좋고, 힘들다고 하면 이해해 주고 한 달 전쯤에 친구들하고 여행을 다녀왔는데 남편이 캐리어도 정리해 주고 편해요."

"그 위치가 좋고 편하네요."

"호호호호 아, 이러면 안 되는데……. 너무 웃겨요……. 이러면 안 되는데……. 저 어떻게 할까요? 어떻게 해요. 저 어떻게 할까요?"

"애기 위치에서 벗어나고 싶으신가요?"

"호호호호 그러면 힘들어지는데요. 지금 사랑받고 좋은데 아……. 어떻게 하지?"

"차분히, 천천히 생각하셔도 돼요."

"아……. 어떻게 하지? 어떻게 해요? 모르겠어요. 어떻게 해요."

"우선으로 '내가 진심으로 애기 위치가 싫은가?' 한번 점검해 보시게요."

다문 입술이 옅게 씰룩거리고 눈은 한없이 웃으셨다. 찻잎 하나가 찻잔 위에 '떠' 있었다. 잔 속 차도 유난히 명랑했다.

"아……. 못 버릴 것 같아요. 사실 좋은 점이 너무 많아요. 호호호호 그런데 어떻게 해요. 또 이런 일이 있으면 회사에 전화하고 파출소에 전화하고 진짜 이건 너무 싫거든요. 이건 진짜 아니잖아요."

"그래요. 나는 사랑스러운 어린 아내가 되고 싶네요?"

"호호호호 네. 호호호호 아 웃겨."

"하하하하 웃기네요."

웃겼다. '이치 맞지 않음'이 웃겼다.

이치 맞지 않음을 가장 예쁘게 볼 때 귀엽다고 말할 수 있을 것이다. 아기가 손바닥을 대고 '여보세요?' 하거나 영상 속 캐릭터에게 '응 너도 맘마 먹어.'라고 대화할 때 '이치 맞지 않음' 즉, '생뚱맞음'을 사랑으로 볼 때 귀엽다. 우리는 서로가 귀여워서 또, 스스로가 귀여워서 눈 맞추고 웃고, 다시 눈 맞추고 웃고를 반복했다.

"지금도 남편분이 '의처증'으로 생각되세요?"

"호호호호 아니요. 남편은 제가 원하는 대로 맞추는 사람이에요."

"하하하하 내가 원하는 대로? 그 남편 멋지시네요."

"호호호호 엄청 화냈는데 좀 미안하네요. 제가 어떻게 해야 할까요?"

"예선 씨의 진심은 사랑받는 보살핌 받는 위치가 좋다는 것을 알았어요. 맞나요?"

"네. 저 계속 이러고 싶어요. 호호호호"

"하지만 회사나 파출소까지 연락하고 그런 건 싫단 말이에요. 남편에게 회사와 파출소에 신고하지 말라고 어떻게 말씀하셨어요?"

"소리 지르고 화내고 짜증 내면서 말했어요."

"그때 몇 살로 있으셨는지요?"

"음······. 초등학교 저학년? 호호호호"

"왜 웃으세요."

"립스틱 사 준다고 한 남편 말이 너무 이해돼요."

"하하하하 이렇게 웃을 수 있을 만큼 남편분이 이해되셔서 다행이에요."

우리는 개구진 웃음을 섞었다.

"다시 집중해 보시게요. 그때 내가 성인의 예선 씨 나이대로 말을 한다면 어떻게 하시겠어요?"

"음······. 예를 들면요?"

"밑에 직원들에게 윗사람 역할하실 때 모습이라든지 회사생활 하는 모습, 또는 친구들과의 관계에서 성인과 성인이 함께 있는 모습들이 있겠지요. 예선 씨 나이대로 남편분에게 말씀하신다면 어떻게 하시겠어요?"

"차분하되 제가 얼마나 화가 났고 난처한지 낮은 음성으로 말할 것 같아요."

"네. 음성은 차분하고 낮고 구체적인 내용은요?"

"걱정해서 한 행동은 고마운데 좀 더 신중하고 나를 더 믿어 줬으면 좋겠다.' 이렇게요."

"방금 이 말을 그대로 남편분께 말한다면 남편분이 어떻게 반응하실 것 같으세요?"

"당황하고 겁먹을 것 같은데요."

"당황하고 겁먹으시는군요. 그리고요?"

"제가 이런 적이 없으니까 진지하게 생각해 줄 것 같아요."

"남편분이 진지하게 생각하시면요?"

"남편도 직장생활 하니까 제 입장도 한번 생각해 주고 이해해서 다른 방안을 찾을 것 같아요. 남편이 어른스럽고 되게 현실적이고 또 제 말 잘 들어주니까요."

길들인다는 것은 어렵다. 그리고 쉽다.

"아이가 한없이 어려 보이더라도 진중하게 이야기하면 그 부분에 대해서는 엄마도 달리 생각하게 되는 것 같아요. 그런데 혹시나 우리 아이가 매번 그렇게 진중하면 어때요?"

"아이가 그러면 어렵죠. 저는 우리 아이가 지금처럼 좀 이런 새침한 성격으로 있으면 좋겠어요."

"매번 진중하면 아이라도 대하기가 어렵군요. 그리고 아이의 고유성격은 그대로 있었으면 좋겠네요."

"네. 우리 아이가 성깔은 좀 있지만 호호호호 너무 귀여워요."

"예선 씨도 진중할 때는 진중하게 그렇지만 고유성격을 유지하실 수 있으실까요?"

"호호호호 여우 짓이요? 할 수 있죠. 호호호호"

창밖으로 보이는 하늘은 여전히 이뻤다. 조금 전에 나와 눈 맞췄던 구름이 아닌 다른 구름이 나를 보고 있었다.

"우리 무슨 이야기 했는지 정리해 볼까요. 어떤 경험을 하셨나요?"

"호호호호 너무 웃겨요. 사실 오기 전까지 친구와 전화로 남편 욕을 계속하고 왔거든요. 오면서 '이번에는 확실히 남편이 잘못했어. 이번에는 확실하게 남편이 문제라고 나를 위로하시고 남편이 변하는 방법을 알려 주실 거야.'라고 장담하고 왔어요. 너무 웃겨요. 기분 좋아요. 시원하고 기분 좋아요. 호호호호 너무 웃겨요."

"하하하하 시원하고 기분 좋으신 이유 제게도 좀 들려주세요."

"내 남편은 나를 사랑해서 내가 좋아하는 방식으로 했다는 것을 알게 되고 호호호호 의처증이 아니라고 호호호 알게 돼서요."

얌전히도 앉아 있는 찻잔은 우리의 이야기와 함께했다. 살짝 남은 차를 비우고 우리는 간단한 인사를 나눴다. 예선 씨는 들고 온 가방과 겉옷을 챙기셨고 들어오셨던 문으로 나가셨다. 나는 고개 숙여 "수고하

섰습니다."라고 인사했고 나의 고운 인연은 "안녕히 계세요."라고 말씀
하시고 뒷모습을 보이셨다.

선한 사람과 만남은 내게 치유를 주고 나는 선한 사람을 스승 삼아
배울 수 있는 복을 누린다. 세상에서 살다가 이 문을 열고 들어오시고
이 문을 열고 다시 세상 속으로 나가시는 내 스승님이 부디 고운 시간
으로 잔잔하시길 바라고 나는 내 자리에 머문다.

「"안녕?" 여우가 말했다.
"이리 와. 나하고 놀자. 난 정말로 슬프단다." 어린 왕자가 제
안했다.
"난 너하고 놀 수가 없어. 난 길들지 않았거든." 여우가 말했다.
"길들인다는 게 뭐지?"
"그건 관계를 맺는다는 뜻이야." 여우가 말했다.

…넌 잊으면 안 돼. 네가 길들인 것에 넌 언제나 책임을 지는
거야.」
- 어린 왕자 中 -

우리는 길들이고 길들임 받는다. 길들임을 받고 길들인다. 어떻게 길
들이고 길들임 받는 관계인지에 따라 상대성 관계를 이룬다. 내 마음

은 생텍쥐페리를 만나고 싶다는 곳까지 갔다.

　나는 어떻게 길들임 받았고 어떻게 길들이고 있는지 생각했다.

　남편의 다정한 매력에 빠져 결혼을 했고 한결같이 다정한 모습으로 내 곁에 있다. 함께한 시간이 길어질수록 더 다정해지고 점잖고 더 부드러워졌다.

　언젠가 집 가전제품 수리를 하는 날 기사님이 처음 이야기와 다르게 견적을 말씀하시고 금액을 선지급해야 수리할 수 있다고 하셨다. 제품은 이미 분해된 상태이고 원하는 금액을 주지 않으면 기사님은 다른 곳을 가야 해서 그대로 놔두고 가신다는 것이다. 나는 부당하다는 생각이 들어서 수리하지 마시고 처음처럼 조립해 주시라고 요청했다. 기사님은 시간이 없어서 그냥 두고 가신다고 했다. 옆에 있던 남편이 '기사님, 기사님' 하면서 기사님께 사정하는 것이다. 사실 내 눈에는 굽신대는 것처럼 보였다. 막말은 아니더라도 '이건 이거고 저건 저거다.'라고 단호하고 위엄 있게 말해 주길 기대했다. 남편은 결국 기사님이 원하시는 금액을 드리고 수리를 했고 기사님은 가셨다. 내 '분'은 꼬오록, 꼬오록 올라왔다. 남편에게 '다다다다다다' 해 댔다.

　내가 '다다다다다다' 하는 그 순간에도 남편은 또 착하고 다정하고 점잖고 부드러운 사람으로 있었다. 단지 다정했던 남자를 함께 사는 동안 나는 다정하게, 점잖게, 부드럽게 길들여 놓았다. 우리 남편은 눈치도 없이, 시도 때도 없이 따뜻한 사람으로 있다.

PART 2

"남편과는 대화가 안돼요."

- 인하 님 -

너희 중에 누구든지 그에게 이르되
평안히 가라, 덥게 하라, 배부르게 하라 하며
그 몸에 쓸 것을 주지 아니하면 무슨 유익이 있으리요
이와 같이 행함이 없는 믿음은 그 자체가 죽은 것이라

- 야고보서 2장 16-17절 -

세 번째 만남으로 이어진 인하 씨는 풍경 소리가 크게 문을 열었고 올라간 어깨를 흔들며 빠른 걸음으로 들어왔다. 사십 년 삶의 시간을 한 장면으로 보여 주는 것 같았다.

　"집에서 혼자 반찬을 만들어서 알음알음으로 조금씩 팔았어요. 친정 엄마가 손맛이 좋으신데 저도 음식을 하면 맛있다고들 해서 판매를 시작했어요. 아르바이트 다니는 것보다는 더 수입이 좋았어요. 번 돈으로 필요한 곳에 쓰고 애에게도 쓰고 큰 건 아니지만 식구들에게 선물도 할 수 있고요. 남편 눈치 보지 않고 지인들 만나서 밥도 한 번씩 사 줄 수 있고 무엇보다 애가 필요하다는 거 제가 사 줄 수 있다는 게 좋았어요. 지나다가 보이는 좋은 옷이 있으면 남편 옷도 사 주고 저는 그때가 좋았어요.

　그런데 작년에 남편이 회사를 그만두었어요. 남편 말로는 자기가 그만뒀다는데 옆에서 보기에는 권고사직 뭐 그런 거 당한 것 같았지만 꼬

치꼬치 묻지 않았어요. 이 사람도 '생각이 있겠지.' 싶었거든요. 남편은 성실하고 아이에게 너무 좋은 아빠이고 정도 많고 세심하고 무엇보다 정말 열심히 사는 사람이에요. 남편이 취업하려 해도 들어갈 곳이 없어서 서너 달 집에서 놀게 되었어요.

제가 봤을 때는 취업하려고 애써 노력하지 않아 보여서 배달이라도 했으면 하는 생각이 들어서 배달 일을 말해 봤어요. 자기는 학창 시절에 지인이 오토바이 사고로 죽은 모습을 본 기억이 있어서 오토바이 타는 거 질색이라 못 한다고 했어요.

남편이 놀면서 제가 반찬 만들어 파는 것을 도와줬는데 그때 식당을 하자는 이야기가 나왔어요. 저도 음식이라면 자신이 있었기에 함께해 보자고 했어요. 식당 개업하고 장사가 잘되었어요. 지금은 더 잘돼서 배달도 많고 홀 손님도 많아요. 매상 때문에 걱정 많이 했는데 다행히 첫 달부터 장사가 잘되었어요. 장사만 잘되면 성공이라고 생각했는데 생각하지도 못했던 남편이 이렇게 힘들게 해요.

남들은 매상 걱정, 진상 손님이 걱정이라는데 저는 남편이 너무 힘들어요. 남편과 같이 있는 것이 식당일 하는 것보다 몇 배 더 힘들어요. 원래 대화가 잘 통하는 사람이 아니어서 식당 하기 전에도 오순도순 서로 말하는 그런 사이는 아니었고 어쩌다 길게 말하는 날은 꼭 싸움으로 끝나서 남편과 대화를 길게 하지 않는 편인데 종일 내내 같이 일을 하니까 말을 하지 않을 수가 없고 남편을 계속 봐야 하잖아요.

성격이 좀 그런 건 알고 있었지만, 연애 때는 데이트하고 각자 집에 가고 결혼해서는 남편이 출근하고 저녁에 보니까 이 정도로 힘들지는 않았는데 지금은 식당이고 뭐고 매상이고 뭐고 남편과 있는 게 힘들어요. 차라리 혼자 하라고 하면 하겠는데 너무 힘들어요. 주변에 말하면 '매상 잘 나와서 그런 고민하는 거다. 식당 개업하고 원가도 남지 않으면 그 고통은 말할 수가 없다.'라고 하고 '장사가 잘되면 부부가 더 신나야 하는데 왜 그런지 이해를 못 하겠다.'라고 하세요. 저는 차라리 식당이 되지 않아서 일단 식당을 접고 남편은 취업하고 저는 다시 식당 차려서 하고 싶어요."

인연이 시작되던 날 들려주었던 이 이야기를 내 마음에 양분으로 담고 함께 자리에 앉았다.

"오늘은 어떤 이야기로 함께하실까요?"
"남편이 이상해요."

'이상하다.'라고 남편을 향한 표현이 달라졌다.

"남편분이 이상하네요. 저번에는 힘들다고 하셨는데 오늘은 이상하다고 하시네요."
"계속 '내 마음만 지키자. 내 생각만 지키자.' 하고 있었어요. 그랬더니 남편이 저보고 '너는 우리 엄마와 똑같아. 소름 돋고, 이기적이야.

너는 엄마보고 뭐라고 할 자격이 없어. 네가 엄마보다 더 심해.'라고 화를 냈어요."

"네."

"시어머니가 진짜 자기밖에 모르시는 분이에요. 어른을 이렇게 말하면 그렇지만 '독한 사람' 하면 시어머니가 떠올라요. 옆에서 아무리 아파해도 '죽는 거 아니다. 일어나서 이거 해라.' 하시는 분이거든요. 남편도 자기 엄마지만 평소 시어머니가 나쁘다고 해요. 자기 엄마를 '사람으로서는 아니다.'라고 욕하고 싫어하는데 제게 시어머니와 똑같고 더하면 더했다고 했어요."

"네."

"아침에 아이 식사 준비해서 학교 보내고 식당 나가서 오픈 준비 시작해요. 하나하나 확인할 것이 있으니 퇴근 때까지 일해요. 이런 제게 시어머니보다 더 나쁘다고 했어요. 그 말 들은 후로는 남편이라고 부르고 싶지도 않아요. 다른 사람 앞이니 남편이라고 하지 '그 새끼'라고 하고 싶어요."

"아프네요. 이렇게 전해 듣는 저도 마음이 쉽지 않은데 어떠신지요?"

"남편을 이해할 수가 없어요."

짜증과 답답함 화가 느껴지고 호흡이 매끄럽지 않고 일정하지 않았다. 어깨가 올라갈 만큼 큰 숨이 옷 위로 보였다.

"남편분을 이해할 수 없으시군요."

"네. 이해가 되면, 무슨 말을 하든지 오해를 풀어주든지 할 텐데 이해가 안 돼요."

"남편분이 다짜고짜 시어머니와 똑같다고, 아니, 더 나쁘다고 그런 말씀을 하신 건가요?"

"이야기가 좀 길어요."

"긴 이야기 들려주시면 감사해요."

"다녀가고 나서, 내가 내 마음을 지키는 것이 중요하다고 생각이 들었어요. 마음을 지키고 흔들리지 않으니 남편이 하는 것에 별다른 생각이 들지 않고 며칠 동안은 힘들다는 생각도 덜 들었어요. 남편이 제게 화낸 날 손님 한 분이, 음식 맛이 저번과 다르다고 변했다고 계속 말씀하셨어요. 제가 미리 준비해 두면 남편이 조리해서 음식이 바로 나가요. 계량으로 다 맞춰서 하는 것이라 맛이 다를 수가 없는데 손님이 계속 그래서서 남편이 가서 처음에는 웃으면서 설명했고 또 손님이 말하시길래 남편이 다시 설명했고 그런데도 손님이 주방장이 바뀐 것 같다고 하시면서 가셨어요. 그때부터 남편 얼굴이 변했어요. 저번에 말씀드렸잖아요. 리뷰 하나에 좋아서 세상 다 얻었다가 리뷰 하나에 세상 다 산 것처럼 한다고요. 남편이 화난 것 같았는데 바빠서 저는 제 할 일을 했어요."

"네. 남편분 감정이 풍부하다고 저번에 했던 말씀 기억나요."

나는 의도적으로 남편의 특성을 살짝 내비쳤다.

"저번에 말한 감정이 풍부한 것과는 다른 것 같아요."

인하 씨는 감정이 풍부한 것을 긍정적인 부분으로만 인식하고 있는 것 같았다. 바로 말을 이어 갔다.

"제가 주방에서 일하고 있는데 옆으로 와서 그 손님 때문에 속상하다고 말했어요. 그런 말 할 줄 알고 저는 일부러 홀에 나가지 않고 주방에 있었거든요. 계속 옆에서 뭐라고 뭐라고 어쩌고, 저쩌고 해서 대충 '그래. 저런 사람도 있지 뭐. 계산하고 갔으면 된 거지. 그냥 잊어버려. 계속 생각해 봤자 기분만 나빠지니까 양파라도 다듬어.'라고 했어요. 말꼬리 잡고 늘어질 것 같아서 제가 계산대 쪽으로 자리를 옮겼어요. 그랬더니 오 분도 되지 않아서 옆에 와서 또 뭐라고 하는 거예요. 어쩌고, 저쩌고 또 옆에서 계속 말하는데 듣기 싫고 제가 화낼 것 같았어요. '마음을 지키자.' 하고 계산대를 치우고 있는데 갑자기 제게 화살을 돌렸어요. '너는 왜 손님한테 아무 말도 하지 않냐? 내가 가서 말해도 손님이 믿지 않으면 네가 가서 말했어야 한다.'라고 하길래 어이가 없었지만 참고 '이미 간 손님 때문에 왜 다투어야 하냐? 당신도 기분 풀어라. 당신이 이럴 거면 다음부터 그런 손님 받지 말자.'라고 했어요. 그랬더니 저보고 '너는 이기적이다. 소름 돈는다. 엄마보다 더 나쁘다.'

하……. 진짜 혈압 오르네요. 도대체 어쩌라고요? 언제까지 하소연을 들어줘야 하고 뭘 어쩌라고요? 그 손님 찾아와서, 남편 눈앞에 데리고 와서 다시 설명하고 이해시키라고 이러는 거예요? 아 이상해요. 진짜. 이해 안 돼요. 장사하다 보면 그런 손님 많아요. 어떻게 그때마다 일일이 설명하고 설득시키고 그래요."

인하 씨의 양쪽 볼이 불그레하게 올라왔다. 답답함과 성질남 같았다. 말의 속도는 빨랐고 음성은 크고 어투는 근방이라도 삿대질이 나올 것 같았다. 단어에 조사가 거의 붙지 않은 빠른 내용 전달이 빠른 걸음과 닮았고 문 열 때 큰 풍경소리가 음성과 닮았다고 생각이 들었다.

"그런 일이 있었군요. 지금은 어떠신가요?"
"장사는 해야 하니까 데면데면하면서 그냥 자기 일 하고 남편은 입을 닫았어요. 할 말 있으면 툭툭 쏘아대는 말투로 하고 저는 최대한 모른 체하고 제 할 일 열심히 하고 있어요."
"그래요. 음……. 제가 도왔으면 하는 것이 무엇일까요?"
"저보고 어쩌라고 자기 기분 나쁘면 구시렁거려요? 그래도 자기 기분 안 풀리면 제 탓하고 저보고 어쩌라고요? 이거는 저 혼자 뭘 노력한다고 될 것이 아닌 것 같아요. 이건 남편도 와야 해요."

마치 나를 혼내는 것 같은 말투는 계속 이어졌다.

결국은 서로에게 길들 것이니 내가 더 바르고 겸허한 음성과 말투와 눈빛으로 함께 해야겠다고 생각이 들었다.

인하 씨는 시원한 차를 달라고 했다. 가지고 있는 잔 중에 가장 큰 잔으로 오미자차를 시원하게 준비해서 드렸다. 얼음도 다섯 조각 띄웠다. 시원하다는 하나의 경험이 아닌 단맛, 매운맛, 신맛, 쓴맛, 짠맛 다섯 가지의 맛을 느끼고 더불어 시원한 경험을 하길 바랐다.

"제가 무엇을 하면 좋으실까요?"

"공감, 위로 같은 거 저는 그런 거 별로예요. 이곳은 듣기 좋은 말만 해 주는 곳이 아니라고 들어서 제가 여기 온 거예요. 들으셨을 때 비난할 대목이 어디예요? 왜 갑자기 저한테 네가 더 나쁘다고 한 것이에요? 나는 일 열심히 했을 뿐인데 왜? 왜 화난 거예요? 왜 그렇게 비난을 하는 거예요?"

공감과 위로는 별로인 사람, 듣기 좋은 말만 해 주는 사람이 아니라고 들어서 온 사람이 나와 마주 앉아 있었다.

"남편분이 인하 씨에게 화낸 이유가 알고 싶고, 남편분이 왜 그런 표현을 하면서 비난했는지 알고 싶은 것으로 이해되었는데 제가 이해한 것이 맞는지요?"

"네. 그게 궁금해요."

"뭐부터 할까요?"

"뭐든 상관없어요."

"화난 이유부터 이야기하시는 거 어떠실까요?"

"네. 해요."

맞춤형으로 나도 최대한 이성적인 단어를 사용하면서 대화하고자 노력했다.

"저번 우리 만남에서 말씀하셨던 아들 태권도 심사 합격 턱 내셨을 때 모인 아줌마 중에 한 분이 한마디도 않고 밥만 먹었다고 하셨잖아요. 그래서 기분 안 좋았다고 말씀하신 거 기억나세요?"

"네. 말 한마디도 하지 않아서 제가 '밥만 먹어?'라고 하니까 '자랑 잘 듣고 있어.'라고 말한 그 재수 없는 언니요."

"그래요. 그 언니, 그 언니 왜 재수 없어요?"

"그런데 갑자기 그 언니 이야기는 왜 하시는 거예요? 꼭 우리 남편 같아. 갑자기 왜?"

"미리 말하지 못해서 죄송해요. 이해를 돕기 위해 가는 과정이라고 생각해 주세요."

"하……. 네……. 그냥 남편이 왜 화났는지 알려 주시면 되는데……."

"저는 상대가 듣고 싶은 말만, 하는 사람이 아니잖아요. 하하하"

"하하하 그렇죠. 그렇죠."

웃으면서 농담처럼 말했지만 '좋은 말만 하는 사람은 아니다.'라는 말에 묶여 있는 나를 보았다. 나를 비워야 했다. 뜨겁게 차를 우렸고 우린 차를 따르며 차 담기는 소리에 호흡을 함께했고 찻잔을 잡고 입가로 가져오며 그 모든 순간에 마음을 다했다. 온 순간에 머물렀고 호흡이 안정된 후 묶인 것을 보냈다. 마주 앉은 인하 씨가 그대로 보였다.

"저번에 자세히 말하지 않았지만 저는 그 언니가 분위기 파악 못 한다고 생각이 들었어요. 제가 만나기 전부터 우리 아들 심사 합격으로 기분 좋아서 '한턱내겠다.'라고 말했는데요. 그러면 와서 축하한다고 그 말 한마디 못 해 주나요? 제가 애 어렵게 가진 것, 임신했을 때도 낳고 나서도 얼마나 병원 쫓아다니고 고생했던 거 다 아는 언니예요. 사실 그때도 걱정을 해 주는 그런 스타일은 아니었지만, 사람이 나쁜 일에는 말 꺼내기 어려울 수 있으니까 그건 넘어간다고 쳐요. 이거는 제가 기분 좋아서 합격 턱 낸다고 했는데 와서 다른 사람들은 다 축하한다고 멋있다고 심지어 선물까지 들고 온 사람도 있었거든요. 그렇게 밥만 먹고 있으니 사람이 딱 재수 없어졌어요."

"아들이 건강하게 잘 크고 운동으로 합격까지 해서 결과를 보여 주니 엄마의 마음에 체감이 컸을 것 같아요. 아들에게 고맙고 기쁘고 기특하고 뭉클하고 여러 가지 감정이 들었겠어요."

"그럼요. 초등학교 들어간 후에는 크게 아픈 적이 없었지만, 외동아들이고 어릴 때 많이 아팠던 애라서 늘 신경 쓰고 살았죠. 그런데 그 승단 심사 합격증 하나가 뭐라고 울컥했어요."

"몸 약해서 늘 신경 쓰고 살았는데 운동으로 받아 온 합격증이 '이제 튼튼합니다.' 이런 증서 같았겠어요."

"네. 참 기분 좋대요."

모성애는 여전히 아들의 합격에 대한 기쁨을 품고 있었고 그 마음이 고귀하게 느껴졌다.

"다시 그날 이야기로 돌아가 보시게요. 다른 사람들도 재수 없었나요?"

"아니요. 그 언니만요."

"왜 그 언니만 재수가 없었을까요?"

"재수 없죠. 한마디 축하도 없는 게 맞아요?"

"저는 싫어요. 축하해 주는 사람이 좋아요. 그런데 인하 씨는 그 언니가 왜 재수 없었을까요?"

"아니, 재수 없어서 재수 없다는데 이건 홍시 맛이 나서 홍시 맛이 난다고도 아니고 어떻게 말해야 하는 거예요?"

"천천히 가 보시게요."

"네."

"다른 사람들 A도 B도 기뻐하면서 축하해 줬지요?"

"그렇죠. 저보다 더 호들갑 떨었으니까요."

"네. 또 어떤 분은 선물까지 준비할 만큼 기뻐하며 축하해 주셨지요.

그런데 그 언니는 어땠나요?"

"왠지 일부러 무관심한 것처럼 아무 표현 안 하고 밥만 먹고 있었어요."

"다른 분들과 그 언니의 차이점이 뭐였길래 그 언니만 재수가 없었을까요?"

"기뻐하지 않고 축하한다는 말 하지 않은 거죠."

"기뻐하지 않고, 축하하지 않고 이 두 가지가 차이점이군요."

"네."

"만약 그 언니가 기쁜 감정이 없이 '축하해.'라고 했으면 그때는 마음이 어떤가요?"

"짜증 나죠."

"조금 전까지만 해도 '축하한다.'라는 말 한마디 없어서 재수 없다고 하셨는데 말을 해도 짜증이 나는군요?"

"뻔히 보이잖아요. 영혼 없는 '축하해.'보다 차라리 말하지 않은 게 더 나아요. '저 사람은 빈말은 하지 않는구나.'라고 신뢰라도 있지. 영혼 없이 하는 말은 기분도 나쁘고 신뢰도 없어지고 짜증 나요."

"축하한다.'라는 표현이 없어서 재수 없다고 하셨는데 영혼 없는 빈말보다는 차라리 그 언니처럼 말하지 않은 사람이 더 났네요."

"네. 그렇죠."

"인하 씨 마음에 왜 그 언니가 재수 없었을까요?"

"제가 기쁜데 같이 기뻐하지 않은 것이 서운했던 거 같아요. 그 언니 말처럼 제 아들 자랑만 하는 것이 나만 생각하는 것 같아서 식사도 준비했는데 그런데도 기뻐해 주지 않고 자랑 잘 듣고 있다고 하면서 자랑 들어주는 값으로 밥만 먹으니까요."

"기쁨의 감정을 함께하고 싶었군요."

"네. 다른 사람들은 자기 자식 일처럼 기뻐해 주고 축하해 주니까 고맙고 밥값이 아깝지 않았어요."

"내 마음같이 기뻐해 주니까 밥값도 아깝지 않았군요."

"그렇죠. 자기 일같이 기뻐해 주니까 정말 고마웠어요."

"공감받으니 기쁘고 고마워서 밥값도 아깝지 않았군요."

"맞아요. 공감. 공감. 그렇죠. 책에서 본 거 그거."

나와 같은 크기와 온도의 감정을 함께한 사람은 나를 기쁘게 한다.

나와 같은 크기와 온도의 감정을 함께한 사람에게 나는 고마움을 느낀다.

인하 씨는 시원한 차를 한 잔 더 달라고 했다.

나는 오미자차를 준비했고 얼음은 넣지 않았다.

"이제 남편분 이야기 한번 봐보시게요. 남편분이 왜 화냈을까요?"

"말하면서 알았어요. 남편도 제가 자기 마음 같지 않으니까 제가 재수 없었던 거죠. 하하하 이거 웃기네."

"'웃기네.'라고 하신 부분을 더 말씀해 주실 수 있으실까요?"

"네. 웃겨요. 남편 눈에 제가 재수 없었네요. 아, 재수 없었네. 이해되네."

"그 언니가 '아들 자랑 잘 듣고 있어.'라는 감정이 전혀 섞이지 않은 말 들을 때 어땠어요?"

"재수 없었네요. 재수 없어요. 아, 그렇네요. 하하하 공감 못 했으니 가서 사과해야 하는 거예요?"

인하 씨는 여전히 주어와 조사가 붙지 않은 빠른 말투로 대화를 했다. 그러나 화난 음성이 날씨처럼 밝아졌고 삿대질을 할 것 같은 바쁜 손짓도 햇살처럼 얌전했다. 우리는 날씨와 햇살과 같은 무해한 것들을 주제 삼아 한참 동안 가볍고 여백 있는 담소를 함께했다.

인하 씨의 오미자차의 찬기도 빠졌고 내 차의 온기도 빠졌다. 우리는 얼추 비슷한 온도의 차를 마셨다.

"지금 기분은 어떠세요?"

"기분은 잘 모르겠고 남편이 화난 이유는 충분히 이해가 돼서 제게 화난 것은 알겠어요. 제가 자기 마음 같지 않았다 이거잖아요. 이제부터는 어떻게 할까요?"

"상대 마음의 크기와 온도를 생각하고 반응하면 돼요."

"네? 그게 뭐예요?"

"이제부터 어떻게 할 건지 물어보셨지요. 방법은 남편분의 마음의 크기와 온도 보기를 하시면 되어요. 책에서 보셨다는 공감하시면 돼요."

"그것까지 생각해야 해요? 공감. 공감이 '아, 그렇구나.'라고 알았는데 마음의 크기와 온도를 봐야 한다고요. 그거 어떻게 해요?"

"축하한 날 고마운 지인들이 어떻게 하셨어요?"

"축하한다고 했죠."

"크게 뜨겁게 축하한다고 해 주셨나요?"

"네. 크고 뜨거웠죠. 아, 그렇게 하라고요? 연습해야겠네요. 그런데 저는 아들 심사합격처럼 기쁜 일이고 남편은 계속 부정적인 말을 해요. 부정적일 때는 어떻게 해요?"

"인하 씨가 큰 속상한 일을 당했다고 생각해 보시게요. 상상도 하기 싫은 그런 일을 당했다고요. 그러면 그 지인들은 어떻게 할 것 같으세요?"

"이번에 보니까 아주 저보다 더 울 것 같아요. 더 속상해하고 그럴 것 같아요."

"지인들이 울만큼 속상해하시면 어떤 마음이 드실까요?"

"좀 미안하긴 한데 제가 너무 큰 나쁜 일을 당했다면, 위로되고 고맙고 그러겠죠."

"부정적일 때도 지인들은 내 마음같이 해 주시네요. 마음을 같이 해 주는 거, 이것을 무엇이라고 했지요?"

"공감. 그렇죠. 공감. 어느 책이든 공감이 중요하다고 하는데 책을 그렇게 봐도 그때는 알았는데 어려워요."

"어려운 것이니 책에 그렇게 강조했지요. 쉬운 거면 책마다 공감을 강조했겠어요. 우리 이제 어려운 거 연습 한번 해 보시게요. 남편이 속상하다고 부정적인 표현할 때 어떻게 해야 하지요?"

"남편 마음 속상한 게 얼마나 큰 것인지, 얼마나 그 화가 뜨겁게 타오르는지 보기요."

"그런 후에는요?"

"하하하하 제 지인들처럼 하기요. 하하하하"

"멋지세요. 대단하세요. 잘하실 수 있을 거예요."

"우리 남편은 너무 자주야, 너무 심해요. 그럴 때마다 계속해야 하는 거예요? 그러면 나는 하지 못하는데 이게 한 번 두 번 뭐 이벤트처럼 해야 하는 건 몰라도 계속하라면 나는 못 하겠는데요. 언제까지 해야 해요?"

거친 단어에서 '우리 남편'이라고 표현이 바뀌었다.

더는 시원한 차를 달라고 하지 않았고 책상에 준비된 차를 함께 마셨다.

"제가 언제까지 하라고 하면 하실 건가요?"

"해야죠. 해서 싸우지만 않는다면요."

"백 번만 하세요."

"백 번이요? 백 번을요?"

"앞으로 사오십 년 더 사실 건데 백 번이면 일 년에 두세 번 하시는 거예요. '명절날이네, 생일이네.'라고 하시면 되겠어요."

"하하하하하하하 그러네요. 그러면 되겠어요."

깨끗한 웃음을 본다는 건 새벽이슬이 풀잎 위에 있는 이슬을 보는 것만큼이나 생명이 있는 것 같다. 내가 감사에 담겨있을 때 인하 씨가 대화를 시작했다.

"그런다고 해서 그렇게나 비난하는 게 맞아요?"

자연스럽게 두 번째 주제로 이어졌다.

"남편분이 왜 그렇게나 비난하실까요?"
"우리 시어머니, 다른 건 다 좋으신데 정말 딱 남자, 그것도 무슨 특수부대 출신 같으세요. 남편 초등학교 때 다리가 부러져서 겨우 집에 도착했는데 시어머니가 그 모습 보시고는 '안 죽어.'라고 하셨대요. 남편은 비 올 때마다 그때 다친 다리가 아프다고 시어머니를 그렇게 원망해요."
"남편분이 어릴 때 다친 이야기를 아직도 하시네요. 왜 그러실까요?"
"남편과 같이 있을 때 제가 어머니께 여쭤본 적이 있는데 어머니 말씀으로는 남편이 겁도 많고 호들갑 떨어서 그러셨다고 별일 아니라는 듯 말씀하셨어요."
"그 말이 오고 갈 때 남편분의 표정은 어떠셨나요?"

"분위기가 좀 싸해지니까 제가 '그때는 다 그렇게 살았다고 나도 어릴 때 열병 걸려서 죽네 사네 할 만큼 열 올랐을 때 엄마가 병원 데려가지 않고 무릎 줘서 먹었다.'고 말했는데도 뭐 듣는지 마는지 다시 또 레퍼토리 읊어 대죠. 시어머니 원망하면서요."

"아내의 경험담을 말해 줘도 남편분은 왜 비 올 때마다 다리가 아프다고 하면서 본인의 엄마를 원망할까요?"

"시어머니가 당신이 '뭘 해야겠다.'라고 결심하시면 옆 사람 안중에 없으세요. 동네가 다 얼어서 물도 안 나오는데 김장 준비해 놔서 김장해야 한다고 저 예정일이 일주일도 남지 않았을 때 저보고 와서 김장하라고 하신 분이에요."

"며느리가 어렵게 가진 손주를 출산일이 일주일도 남지 않았는데 온 동네가 얼어 물도 안 나오는 날 김장하자고 부르신 분이시군요. 그러면 남편분이 다리가 부러졌을 때 아이였는데 통증은 어땠을까요?"

"어머님 말씀으로는 그때 뭘 꼭 해야 했대요. 그 시골 일이 급한 일이 있잖아요. 대충 끝내 놓고 병원 데리고 가셨대요. 그때 어른들이 뭘 알아요? 남편은 시어머니 앞에서도 비 올 때마다 말해요. 엄마가 '안 죽어!' 이랬다고 흉내까지 내면서요."

"남편분이 아내에게도 말하고 엄마 앞에서도 말씀하셨네요. 남편분이 왜 계속 엄마와 아내에게 말씀하실까요?"

"저도 노력했어요. 말대꾸해 주기도 하고, '또 한다. 또 한다.'라고 했다가 '나 다 외웠다.'라고 먼저 레퍼토리 읊어주기도 했어요. 시어머니도 병원 데리고 가면서 걱정 많이 했다고 남편에게 말했어요."

두 번째 이야기가 시작된 후 나는 계속해서 남편에 관한 질문을 했다. 우리가 무슨 대화를 하는지 과연 인하 씨가 알고 있는가에 대해 의문이 생겼다.

"지금 우리 두 번째 주제를 말하고 있어요. 무슨 대화 하고 있는지 아시나요?"

"왜 남편이 제게 소름 돋고 이기적이고 자기 엄마보다 더 나쁘다고 비난했는지요."

"그렇군요. 제가 무슨 질문을 드렸는지 기억하세요?"

"바로 전에 했던 말이요? 알죠. 남편이 왜 그러는지 여쭤보셨잖아요."

"제가 남편분이 왜 그러는지 여쭤봤고 그에 대한 답은 뭐라고 하셨어요?"

"'시어머니가 좀 주변 사람들 안중에 없으신 분이다.'라고 했어요. 그래서 제가 강하니까 저를 시어머니와 똑같다고 하면서 소름 돋는다. 이기적이라고 하는 것 같아요."

"지금까지 우리의 대화에 느끼시는 것이 혹시 있을까요?"

"아니요. 뭘 느껴야 했나요?"

인하 씨는 한 번도 남편의 이야기를 하지 않았다. 남편의 생각과 감정을 물어보면, 답하는 것은 남편의 이야기가 아닌 본인의 경험과 생각을 말한다는 것에 대해 전혀 인지하지 못했다.

"제가 누구의 이야기를 여쭤봤나요?"
"남편요."
"인하 씨는 누구의 이야기를 답해 주셨나요?"
"남편요."

전혀 인지하지 못했다.

"다시 천천히, 천천히요. 제가 '남편분이 어릴 때 다친 다리를 계속 말씀하시는데 왜 그러셨을까요?'라고 남편분의 질문을 드렸지요?"
"네에."

인하 씨도 전보다 작은 목소리와 느린 말투로 대답을 했다.

"누구에 관해서 이야기하시면서 답해 주셨어요?"
"…시어머니 성격에 대해 시어머니 이야기요."
"저는 누구에 대해 여쭤봤나요?"
"남편요."
"그런데 누구의 이야기를 하시면서 답해 주셨어요?"

"아니, 시어머니가 남편에게만 그러는 것도 아니고 또 그런 상황을 저도 겪어 봤고 그래서 그것은 혼자 당한 게 아니고 시어머니 성격이 그러신 분인데 그걸 가지고 아직 그러면 어떻게 하냐고요."

"이 주제에 대한 인하 씨의 질문이 무엇이었는지 기억나세요?"

"남편이 그렇게나 비난할 만한 것인지……."

"이 주제에 대해 주인공이 있다면 누구실까요?"

"남편요."

"저는 누구에 대해 계속 질문드렸나요?"

"남편요."

"인하 씨는 누구의 이야기를 계속하시는가요?"

"……."

침묵. 화가 난 듯도 보였고 진지하게도 보였고 짜증과 답답함도 보였다. 가장 크게는 머릿속으로 생각과 판단들을 운용하는 것이 보였다.

"제가 계속 시어머니 이야기를 했어요?"

창문에서 들어오는 햇살이 따사로웠다. 계속 있었을 햇살이 새삼 감사했다. 햇살은 계속 있었다.

"아닌 거 같은데, 남편 이야기도 한 거 같은데, 제가 계속 시어머니 이야기만 했어요?"

'같은데.'라고 표현한 입가에는 어린 입술 짓이 있었다. 찻잔에 맺힌 물방울을 다소곳하게 닦아 드렸다. 내 손짓을 읽은 듯 어린 입술 짓에 미소가 섞였다. 눈이 마주쳤고 내가 먼저 말을 시작했다.

"우리 다시 한번 보실 텐데 어떠세요?"
"하하하하 네."
"남편분이 어릴 때 다친 이야기를 여러 번 하셨잖아요. 왜 그러실까요?"
"글쎄요. 그걸 모르겠어요. 왜 그럴까요? 아니, 자기만 당한 게 아니고 저도 땡땡 얼은 날 김장했다니까요."
"다시, 다시 지금 또 누구의 이야기로 답하시는지 보세요."
"아, 또 그러네. 왜 이러지? 진짜 모르겠어요."
"시어머니 입장에 대해서도 말씀을 잘하시고, 본인 생각에도 말씀을 잘하시는데 왜 레퍼토리를 외울 만큼 여러 번 들은 남편분의 입장에서는 모르실까요?"
"그러게요. 생각을 안 해 봤네. 이 생각은 못 해 봤네요."

시간의 흐름에 자연스럽게 이동한 햇살이 우리에게 비추었다. 몸에 닿은 햇살은 우리를 더 예쁘게 했다.

"이 생각이라고 하는 것이 무슨 생각인지 말씀해 주세요."

"남편 입장이요."

"여러 차례 말하고 여러 차례 듣고 앞에서 말한 것처럼 레퍼토리를 외우기도 하셨는데 남편의 입장에서는 생각을 안 하고 못 하셨군요."

"징징댄다고 생각했어요. 이미 지나간 일인데 말해서 달라질 게 없잖아요."

"남편분의 초등학교 때 다친 이야기는 지나간 일이라서 달라질 수도 없는데 징징대시네요. 만약, 달라질 수 있는 거라면 인하 씨의 반응도 바뀔 수 있는 것인가요?"

"그렇죠. 달라질 수 있는 거면, 저도 바뀔 수 있죠. 우리 남편, 후…… 불쌍한 사람이에요. 애쓰고 살고 정직하게 살아요."

"하나하나 봐보시게요. 어릴 때 다친 경험은 지나간 것이죠?"

"네."

"그럼 지금 남편분이 징징대고 있는 건 지나간 것인가요? 현재인가요?"

"지나간 것에 대한 답답한 것이죠."

"지나간 것은 어릴 때 다친 경험이고 아내 앞에서 하고 있!는! 징징거림은 과거예요? 현재예요?"

"그건 현재죠."

"현재에 잘 살면 미래를 바꿀 수 있나요?"

"아, 잠깐만요. 잠깐만요. 그러면 징징대는 것은 지나간 것이 아니라고요?"

"네. 징징대는 것은 현재예요."

찻잔 속에 햇살이 들어와 있었다. 인하 씨는 햇살이 들어가 있는 잔을 들고 한 모금 마셨다.

"아, 이거 어렵네."

"맞아요. 이거 어려워요. 그래서 우리 천천히 천천히 하나하나 갈 거예요."

"징징대는 건 현재다……. 지금이 중요하다고 내가 늘 하는 말이에요."

"징징대는 건 현재고 현재를 잘 살면 미래가 바뀌지요. 바뀌는 거라면 노력할 가치가 있는 것인가요?"

"그렇죠. 그러면 어떻게 해야 해요?"

"남편분이 다리를 다친 과거를 이야기해요. 내 생각으로는 과거 이야기는 바뀌는 것도 없단 말이에요. 그런데 바뀔 수 있는 현재 이야기라면 인하 씨는 어떻게 하실 건가요?"

"뭐라도 하죠. 지금을 잘 살아야 내일을 잘 사는 거니까요. 제 생각과 딱 맞아요. 그래서 남편이 그런 말 하면 일부러 오늘 뭐 해야 하고 내일 뭐 해야 하고 할 것들을 머릿속으로 정리하고 있을 때가 많아요."

"그렇군요. 우리 계속 이야기 이어 갈 텐데 괜찮으시겠어요?"

"네."

"남편분이 징징대는 건 내 앞에 보이는 현재지요? 현재에서 징징대는 남편분에게 공감을 어떻게 해야 해요?"

"뭐 달래야 하나? 시원한 물이라도 한 잔 줘야 하나? 어떻게 해야
하지?"

"맞아요. 맞아요. 방금 말한 그것들을 하시면 돼요."

"네? 이게 맞아요?"

"네. 맞아요."

변화하는 것은 어렵다. 그리고 쉽다.

"방금 말한 거 달래야 하나, 시원한 물을 줘야 하나, 어떻게 해야 하
나, 이것을 문장으로 만들어 볼 수 있을까요?"

"달래고 물 주고 아니, 물을 먼저 줘야 할까요? 먼저 징징대는 것을
달래고 말을 많이 하니까 물도 한 잔 줘요."

"잘하셨어요. 그런데 '어떻게 해야 하지?'가 빠졌어요."

"아! 그것도 넣어요? 어떻게 해야 하는지는 내가 어떻게 할지 몰라서
그냥 중얼거린 건데요."

"어떻게 할지 몰라서 중얼거리실 때 어떤 마음이 들었어요?"

"마음은 모르겠고, 갑자기 하라고 하시니까 당황했죠."

"'달래 주고 물도 주고 당황하면서 어떻게 하지.'를 모두 넣어서 문장
을 만들어 보시게요."

"먼저 달래고, 물도 한 잔 주고……. 아……. 잘 안되네요."

"달래 주고, 물도 한 잔 주고, 어떻게 해야 할지 모르는 당황한 것을 그 상황에 맞게 보여 주세요."

"네?"

문답으로 계속해서 함께하고 싶었으나 우리가 함께하는 시간은 현실적인 한계가 있었다.

나는 인하 씨가 지혜를 사용해서 삶에서 적용할 것이라고 믿었다.

"조금 전에 '어떻게 하지.'는 독백처럼 혼자 중얼거린 것이지요. 그거 똑같이 하시면 돼요. 달래고 물도 한 잔 주고 중얼거리듯이 '우리 남편 어떻게 하지 어떻게 하지.'라고 아주 조용히 그런데 들릴 듯 말 듯 중얼거림으로요."

"아, 그러면 돼요? 그거예요? 그런데 이런 게 꼭 필요해요?"

"네."

"이번에는 대사를 넣어서 사실적으로 한번 해 보시게요. 해 보지 않았던 거라서 연습이 중요해요. 남편에게 하시는 것처럼 현실감 있게 한번 해 보시게요."

눈을 마주쳤고 쑥스러움의 눈빛이 오고 갔다.

이내 쑥스러움을 충분히 치울 수 있는 남편에 대한 사랑이 발현되었다.

"당신 속상했겠네. 얼마나 아팠으면 지금도 이렇게 생생하게 기억나겠어. 물 한 잔 마셔. 우리 남편 어떻게 해."

"너무 잘하시는데요. 정말 잘하세요. 어떻게 이렇게 잘하세요?"

"아들이라고 생각하니까 되는데요. 하하하하하하 제가 자녀와의 대화법 이런 책 엄청 보고 문화센터 찾아다니면서 심리학, 대화법, 우리 아이 자존감 높이는 법 이런 거 한때 또 열렬했어요. 읽은 책이 수십 권이고 어디서 강의 있다 하면 다니고 그랬다고 했잖아요."

"하하하 엄청 열렬했던 게 느껴져요."

"사람이 배우면 다 써먹을 곳이 있어요. 그죠?"

"네. 잘 배우셨어요. 댁에 가서서 하실 수 있으실까요?"

"해 봐야죠. 이게 공감이라는데 뭐, 하면 아마 남편이 좋아할 것 같아요."

나도 알고 타인도 아는 나
나는 알고 타인은 모르는 나
나는 모르지만, 타인은 아는 나
나도 모르고 타인도 모르는 나

나도 알고 타인도 아는 나를 우리는 만들었다.
나는 알고 타인은 모르는 나를 인하 씨가 들려주었다.
나는 모르지만, 타인은 아는 나를 인하 씨와 함께 보았다.

나도 모르고 타인도 모르는 나를 우리는 다음에 함께 열어 갈 것이다.

모두 매력 있는 '나'이지만 나도 모르고 타인도 모르는 나를 보물 상자라고 표현하고 싶다.

이곳은 미지의 영역으로 '가능성'이라는 보물이 들어 있기 때문이다.

함께했던 사람이 갔고 나는 남았다.

남은 나는 간 사람을 마음에서 보내지 못했다.

수북하게 쌓여 있던 먼지를 털어내니 먼지에 덮여 있던 보물 상자가 보였기 때문이다.

'내 마음만 지키자'는 것이 중요하다는 생각의 보물 상자

돈이 삶에서 어떤 역할을 하는지의 보물 상자

감정 풍부에 대한 본인의 정의는 무엇인지의 보물 상자

왜 남편이 이곳에 와야 한다고 생각하는지의 보물 상자

공감과 위로 그런 거, 별로라고 하면서 지인들의 공감과 위로를 좋아하는 보물 상자

빈말과 예의의 차이점과 공통점을 어떤 기준으로 가졌는지의 보물 상자

기분은 모르지만, 생각은 잘하는 보물 상자

건강한 싸움을 하는 방법에 대한 보물 상자

자랑할 때 값을 치르듯 밥을 사려고 했던 보물 상자

출산일 앞두고 김장을 할 때 무의식적으로 표현한 '당했다'라는 마음의 보물 상자

특수부대 시어머니를 이해할 수 있는 것이 어디서 나오는지의 보물 상자

징징대는 것에 관한 보물 상자

지나간 것은 바꿀 수 없다는 관점이 생긴 보물 상자

수십 권 읽을 만큼 열렬하고 대학도 가려고 한 보물 상자

빠르고 남성적인 말투가 자리 잡힌 보물 상자

그 외 무수한 보물 상자들.

이 귀한 보물 상자는 인하 씨가 자신에 대한 질문이 시작될 때 열쇠로 열 수 있을 것이다. 함께 보물 상자를 열어 볼 날이 기대되어 기분 좋은 콩닥거림이 생겨났다.

복어

그랬으리라
그렇게도 멋드러진 바다 안에서
웅장하고 거대한 고래들 사이에서
색색 아름다운 고기들 사이에서
초라한 모습 견뎌 애써 꿋꿋하려 하면

그랬으리라
그렇게도 찬란한 청빛 안에서
하늘하고 결 고운 수초들 사이에서
한껏 곱디고운 고기들 사이에서
보잘것없는 모습 견디며 애써 담담하려 하면

그랬으리라
그 마음 안에 하나하나 다짐을 쌓아
그 마음 안에 차곡차곡 상처를 담아
그 마음 안에 아랑아랑 설움을 놓아
그랬으리라
굳이 독 품었으리라

그랬으리라
가슴에 품지 않고 살았겠느냐고
품고라도 있으니 살아 냈던 것이라고
그랬으리라
그랬으리라

나처럼…… 그랬으리라

"도박으로 전 재산을 날리고
 아내에게 이혼 통보받았어요."

- 영기 님 -

그러므로 우리가 낙심하지 아니하노니
우리의 겉사람은 낡아지나
우리의 속사람은 날로 새로워지도다

- 고린도후서 4장 16절 -

"도박중독을 어떻게 생각하세요? 도박중독이요."

'오호! 감사합니다!'

영기 씨와 다섯 번째 만남의 날 드디어 알맹이를 보여 주었다. 아내가 가 보라고 해서 왔다며 멈칫거리던 모습으로 우리의 인연이 시작되었다. 첫 만남에서 간소한 안부와 날씨 그리고 가벼운 세상 이야기를 나눴다. 두 번째, 세 번째, 네 번째까지도 간소하고 가볍고 누구와 함께 해도 무해할 보리차 같은 이야기들이 오고 갔다. 섞임이 없는 대화가 지속하는 동안 나는 테스트받고 있다는 생각이 들었다.

마음속 깊은 것을 꺼내 놓을 때 상대의 마음과 생각의 넓이와 깊이, 부드러움과 거침 정도 등등의 안전성을 옅게 또는 짙게 확인하는 것을 많은 사람이 한다. 상대의 마음과 생각의 결을 확인하지 않고 무작정 마음을 열었다가 상처 입을 때가 있는데 그건 매우 아픈 일이다.

영기 씨의 테스트를 네 번째 만남에서 통과되었다는 생각에 매우 감

사했다. 그리고 이렇게나 절차 있는 테스트를 끝낸 후에야 나를 사용
하려고 했던 그 깊은 이야기에 대한 기대와 설렘 그리고 기다림이 내
마음에서 일어났다.

사용되는 것에 감사했고 용도에 충실히 임하고자 고요히 함께했다.

금방이라도 일어나서 갈 것 같은 이전의 만남과는 다른 분위기로 묵
직하게 앉아 있던 영기 씨가 먼저 말을 시작하였다.

"도박중독을 어떻게 생각하세요? 도박중독이요."

"도박중독이요. 제 생각을 물어보시는 이유가 있으실까요?"

"제가 도박중독이에요. 그래서 아내가 이곳에 가 보라고 했던 거고요."

"그러셨군요."

"어떻게 말을 꺼내야 할지 난감했어요. 다른 사람이 도박중독자를 어
떻게 생각하는지는 알고 있어요. 하지만…… 이야기를 나누다 보니,
어쩌면 저를 이해해 줄 수 있지 않을까 해서 오늘은 말을 해야겠다는
생각을 했어요. 처음에는 아내가 이곳에 열 번을 다녀와야 용서해 준
다고 해서 횟수만 채우려고 했는데 어차피 시간을 내서 온 거 문제가
풀린다면 이야기를 해 보는 게 제게도 더 도움이 될 것 같아서요."

"말해 줘서 감사해요. 제가 도울 수 있는 거라면 선하게 섬길 수 있게
말씀해 주세요."

"지금 아내와 이혼 말이 나오고 있어요. 아내는 제가 도박을 끊지 않

으면 이혼을 하겠대요. 저는 이혼할 생각이 전혀 없어요. 그래서 제가 도박을 끊어야 하는데…….”

“도박으로 이혼 말이 나오고 있군요. 그래서 끊어야 하고요.”

“솔직히 도박을 끊을 수 있을지 모르겠어요. 지금도 가고 싶어요. 하지만 지금 가면 진짜 이혼당하니까 참고 있기는 하지만 끊을 수 있을지는 모르겠어요.”

“끊고는 싶으신가요?”

“네. 아니요. 아니, 네. 아니요. 아, 모르겠어요.”

솔직한 마음을 말해 준 것에 감사했다. 긍정과 부정 그리고 회피까지 무수히 혼란스러웠을 마음이 들렸다. 어쩌면, 회피의 매력은 ‘내려놓음’과 유사한 것인지 모르겠다는 생각도 들었다. 영기 씨의 얼굴은 무표정했고 눈동자는 힘이 없었다. 회피는 내려놓음이라는 겉옷을 입고 무기력이라는 알맹이를 남겨놓은 듯했다.

“제게 도박중독을 어떻게 생각하냐고 물어본 이유가 있을까요?”

“막연하게 도박중독을 없앨 수 있는 어떤 방법이 있을까 했는데 말할수록 더 답답해지고 답이 없는 것 같아요.”

“도박중독을 없애는 방법을 찾을 수 있을까 해서 저의 도박중독에 관한 생각이 궁금하셨군요.”

“방법이 있나요?”

"우리가 함께 찾아가 보시면 좋을 것 같아요. 어떠세요?"

"네."

"도박을 끊어야 하는데 끊고 싶고, 끊기 싫고, 끊고 싶은지 끊기 싫은지 모르겠고 하시네요? 이 이야기 조금 더 들려주세요."

"아내가 이혼하자고 하고 도박해서 돈을 따지도 못하고 열 번 중에 아홉 번은 잃으니까 끊긴 끊어야 하는데 제가 도박을 정말 좋아해요. 감기 걸려서 앓아누웠던 때가 있었어요. 친구가 전화해서 자리 만들어졌다고 오라고 했어요. 포커를 할 기회가 생기니까 갑자기 감기 기운이 없어졌어요. 갔다가 날 새고 집에 왔더니 감기가 나았어요. 돈을 잃어도 좋아하는 것을 하니까 건강이 회복되는구나 싶었어요. 그래서 이것을 끊어야 하는 것인지, 적당히 할 때를 정해서 하면 되지 않을까 생각도 들어요."

도박에 어떤 힘이 이 사람에게 감기까지 낫게 하는 영향력을 미칠 수 있을까? 그 힘이 무엇인지 모르지만 강렬하다는 것이 느껴졌다. 말해 준 힌트는 씨앗이 될 것이고 이제 심고 키우고 열매를 맺는 것은 우리가 함께해야 할 몫이라고 생각이 들었다. 씨앗이 매우 강하니 열매를 맺을 수 있겠다는 기대감이 들었다.

"앓아누웠는데 아픈 게 없어졌고 하물며 날 샌 뒷날에 감기가 나았네요. 도박이라고 말했지만, 치유제 같아요."

"맞아요. 제게 포커는 치유제 같아요."

"이야기 듣다 보니 저도 기억나는 게 있어요. 남편과 연애 때 몸살이 나서 많이 아팠는데 보고 싶은 마음에 왕복 4시간 거리를 남편에게 간 적이 있어요. 잘 보이고 싶어서 단장하고 운전하고 가는데 아프지가 않더라고요. 남편이 꾀병 아니었느냐고 했어요. 저는 진짜 아파서 열도 많이 났었는데 남편이 저를 볼 때는 열도 없지, 생기 돌지, 입맛 좋아서 밥도 잘 먹어서 놀렸던 기억이 나요. 데이트 끝내고 다시 운전하고 집을 왔더니 아픈 게 거짓말처럼 회복되었던 때가 생각나네요."

"자기가 좋아하는 것을 하면 엔도르핀이 돌아서 자연치유가 된다는 말을 들은 적이 있어요. 아마 그런 것 같아요. 포커를 하러 갈 때는 몸 상태가 좋지 않은 날이 없었어요."

"무슨 매력일까요? 어떤 점이 그렇게 나를 치유할 만큼 힘이 있을까요?"

"재미있죠."

"재미있군요. 재미라 하면 어떤 재미를 말하는 걸까요? 자세히 듣고 싶어요."

"재미있어요. 그 분위기도 재미있고 그 팍! 치닫는 기분이 있어요."

"재미있고 팍 치닫는다는 기분이 언제부터 시작되는지요? 만난다고 시간이 정해질 때부터인가요? 아니면 도박이 시작될 때부터인가요? 구체적으로 언제부터 재미있고 언제가 가장 재미있는지 천천히 쭉 이야기해 주면 고맙겠어요."

"보통 게임을 할 때가 되면 그 선수들이라는 사람들이 연락해요. 그러면 장소가 정해져요. 뭐 모텔이나 누구 집 또는 사무실이 있는데 그곳에서 할 때도 있고요. 만나는 장소에 가면 세팅이 돼 있고 앉아서 대부분은 그냥 바로 시작해요. 그때부터 기분이 흥분되고 게임을 할 때는 무아지경이라고 하죠? 그런 기분이랄까요. 다른 생각이 들지 않고 완전히 집중해서 게임을 하고 그러면 좋죠."

도박에서 게임이라는 단어로 바뀌어 있었다. 영기 씨가 순식간에 그때 상황으로 몰입되는 것이 느껴졌다. 몰입감을 유지할 수 있도록 나는 이어서 질문을 했다.

"흥분되는 기분이 흡사 무아지경 같군요. 그러면 재미는 언제이고 팍 치닫는 때는 언제예요?"

"재미는…… . 제 카드가 좋을 때 제가 돈을 확확 던지면서 더블, 더블 이렇게 돈을 확확 던지거든요. 그러면 사람들이 움찔거리거나 눈치를 보거나 한숨 쉬고 그럴 때 정말 재미있어요."

"돈을 확확 던지면서 더블, 더블 이러면 사람들이 움찔거리고 눈치 보고 한숨을 쉴 때 재미있군요. 그때가 왜 재미있으세요?"

"재미있죠. 그 사람들이 움찔해요. 하하하 쫄아서 움찔 하하하 그때 기분이 재미있고 통쾌하고 하하하 재미있죠."

"생각만 해도 웃음 나오실 만큼 재미있고 통쾌까지 하시네요."

"하하하 그러네요."

"여기 조금만 천천히 가 보시게요. 내가 돈을 확확 던지고 더블, 더블 말하면 사람들이 움찔거리고 눈치 보고 한숨 쉬는 것이 재미있는데, 그 움찔이 쫄았을 때 나오는 모습이라고 생각이 들어서 재미있고 통쾌하다는 건가요?"

"그렇죠. 쫄리니까 그러는 거죠."

"그러면 내 행동으로 인해 상대들이 쫄아하는 모습이 재미있다는 건가요?"

"그렇기도 하죠."

"'그렇기도 하죠.'라는 말은 무엇이지요?"

"제가 돈 던지는 모습도 저는 재미있어요."

"돈 던지는 모습, 확확 돈 던지는 모습이 재미있어요?"

"네. 제가 돈을 확확 이렇게, 이렇게 던지면 그 액션도 저는 재미있어요."

"돈을 확확 던지는 자기 모습이 재미있다……. 왜 재미있을까요?"

"음……. 그 사람들이 생각도 할 수 없는데 예측할 수 없이 돈을 제가 확! 던지면서 하하하하하 뭔가 승자 같잖아요. 멋있고 멋있어요. 남자답고요."

"남자답네요. 승리자 같고 멋있네요."

"네."

"또 재미있는 때는 언제인가요?"

"재미는 방금 말한 때가 가장 재미있을 때예요."

"조금 더 질문해도 되나요?"

"네."

"그러면 확 치닫는 때는 언제인가요?"

"그때는 그 선수들이 '다이' 하면서 죽을 때요. 보통 다섯 명이 게임을 하는데 제가 확확 돈을 던지면 쫄다가 다이 하면서 죽거든요. 그때 '다이' 할 때 완전히 머리가 삐쭉 서면서 확 치달아요. 들으면 웃길지 모르지만, 가슴이 웅장해진다고 할까요. 그때 기분은 정말 최고예요."

"앞에 말한 내가 돈을 던질 때 멋있어서 재미있고 상대들이 쫄아서 재미있는 것과는 차원이 다르군요."

"그럼요. '다이' 할 때는 저 빼고 네 명이 줄줄이 다이, 다이, 다이, 다이 할 때 그때 기분은 진짜 완전히 치달아요."

"다이를 줄줄이 상대들이 말하면 왜 그렇게 치달을 만큼 기분이 최고일까요?"

"다 죽는다잖아요. 그 줄줄이 다이, 다이, 다이, 다이 할 때 하하하하하 다 죽는다고 하니까 하하하하 그때 뭐라고 표현할 수 없게 치닫죠. 그때가 가장 치닫게 좋죠."

대화하는 동안 영기 씨는 계속해서 차를 마셨고 찻잔이 비워질 때마다 나는 찻잔을 채워드렸다. 도박중독이라고 했지만, 게임으로 이름이 바뀐 치유제에 관한 이야기를 하면서 차를 마셨다. 승자, 멋짐, 남자다움, 웅장해짐 등의 단어를 사용하는 영기 씨 안에서 중요한 미해결 숙제가 있을 거라는 직감이 들었다. 특히 다이, 죽는다는 말에 열매가 있을 것이라는 생각이 들었다.

"맥락을 살짝 바꿔서 이야기를 나누고 싶은데 어떠신가요?"

"네."

"어린 시절 이야기를 듣고 싶어요."

"몇 살 때요?"

"인생에서 말하고 싶은 어린 시절이라면 아무 때나 좋아요."

"유치원 때 초등학교 때는 그냥 그랬고 중학교 때 애들에게 괴롭힘당했고……. 제가 지금 이 키가 군대에서 큰 거예요. 고등학교 때까지 키가 백칠십이 되지 않았어요. 고등학교 때 그 빵셔틀하고 애들에게 맞고 그랬어요. 하……. 이런 이야기까지 해야 하나요?"

"영기 씨 생각에 이런 이야기를 해야 한다고 생각하시면 하시고 어려우면 하지 않으셔도 되세요."

어린 시절 이야기를 하면서 청소년기의 유쾌하지 않은 이야기가 의도하지 않게 무의식으로 시작돼 버린 듯했다. 끄집어내어 이야기할지 다시 담을지 결정할 수 있게 잔잔히 기다렸다. 그날에 조명도 잔잔했고 에어컨에서 조절해 준 온도도 잔잔했다. 영기 씨가 담담하게 먼저 말을 꺼냈다.

"한 번쯤은 누구에게 말하고 싶긴 했어요. 중학교 때 애들에게 잘못 걸려서 괴롭힘을 당했는데 졸업이 얼마 남지 않아서 다행히 끝났다고 생각했어요. 고등학교에 가서는 공부하고 운동도 다니려고 했는데 고등학교 때 그 노는 애들에게 또 제가 이상하게 보였었나 봐요. 제가 키도 작고 삐삐했어요. 사촌 누나 말로는 여자보다 다리가 더 가늘다고……. 처음에는 돈 뺏기고 심부름을 했는데 나중에는 맞고 하……. 진짜 다행히 군대 가서 키가 크고 운동하다 보니 몸도 좋아지고 해서 고등학교 동창들 만나면 저를 못 알아보긴 해요. 저를 괴롭혔던 그 애들을 우연히 봤는데 키가 그대로이고 저를 못 알아봤어요."

"한 번쯤은 말하고 싶었다고 하신 거 보니 이 내용에 대해 처음 말하시는 건지요?"

"네. 누구에게 어떻게 말하겠어요. 그냥 그때는 그런 애들 많았고 지나간 일이고 하……. 그런데 이런 이야기가 제 도박중독을 끊는 것에 무슨 도움이 될까요?"

"될 것 같아요. 조금 더 조목조목 나가 보면 보일 것 같아요."

순전히 직감으로 대답했다.

마음이란 것은 어디 있는지 찾아내지도 못하고 볼 수도 없고 잡히거나 만질 수도 없다. 그런데도 마음은 있다. 명백히 없지만, 명백히 있다. 명백히 있는 마음을 찾기 위해 명백히 있는 직감이 돕는 순간이라고 느껴졌다. 앞에서 말했던 승자는 괴롭힘을 당한 나, 남자다움은 여자보다 다리가 가는 나, 멋지다는 심부름하던 나, 웅장하다는 맞던 나와 연결되고 파장되고 변형되는 치환을 사용한 것이 아닌가 하는 직감이 들었다.

"그 아이들에게 돈을 뺏길 때 어떤 심정이었을까요?"

"처음에는 억울했는데 무섭고 지겹고 하……. 나중에는 제가 못돼서 그런지 저도 그 아이들과 한편이 되고 싶었어요."

"억울했고 무서웠고 이후에는 나도 당하는 입장보다는 해를 가하는 입장이고 싶었네요."

"네. 그런데 끼워 주지 않았어요."

"끼워 주지 않았어요?"

"네. 친해지려고 제가 돈 뺏기기 전에 가져다줬어요. 그런데도 끼워 주지 않고 더 노골적으로 괴롭히고 때리고 더 심해졌어요."

"나는 친해져서 한편이 되면 괴롭히지 않으리라 생각했는데 오히려 더 심하게 돼 버렸군요."

"네."

"고등학교 3년 동안 지속되었나요?"

"3년 내내 그랬고, 방학 때도 집으로 찾아오고 불러내고 하……."

누구에게라도 도움을 요청하지 그랬냐는 아무 힘없는 질문은 하고 싶지 않았다.

"하……. 지금 생각해도 애들이 참 산인한 게 때리면, 맞을 때 아프다고 소리 내면 더 깔깔거리고 때렸어요. 때릴 때도 여러 명이 팍! 팍! 차고 때리는데 어디서 날라올지 모르니까 막아 봐도 한계가 있어요. 그래서 이를 악물고 아무 소리도 못 내고 참으면 반항하냐고 더 때려요. 그래서 맞으면서 죽을 만큼 아픈데 소리를 대놓고 지르면 안 되고 죽기 직전같이, 약간 사후경직하듯 꿈틀꿈틀하면서 거친 숨소리지만 크지 않고 죽은 것 같은데 죽지 않은 것 같은 그런 하……. 그런 모습을 보여 줘야 끝이 나요. 하……. 맞은 것은 잊겠는데 그 비웃음과 그 애들 표정이……. 무엇보다 제가 그렇게 그 꿈틀거리며 연기했던 그게 정말 수치스럽고 하……. 저 잠깐 밖에도 나갔다 와도 될까요? 담배가 피우고 싶어요."

"네. 기다리고 있을게요."

뜨거운 차도 시원한 얼음도 달래 주지 못한 그런 기억이 있다. 꺼내면 불같아서 맞불로 대응해야 하는 그런 감정이 있다.

차를 녹차로 바꾸었다. 어느 이름 없는 사찰에 이름이 알려지길 원치 않으신 스님이 만든 찻잎을 손 위에 올려놓고 그중 흠 없고 모양 좋은 잎들로 선별했다. 고운 것이 몸 안으로 들어가 고운 영향력이 펼쳐지길 기도했다.

길지 않은 시간이 흐른 뒤 영기 씨는 씩씩한 걸음으로 다시 들어왔다. 씩씩한 마음으로 다잡은 듯했다. 그사이 우러나온 차를 마셨고 차

향은 숨으로 들어가 온몸에 퍼졌다. 서로가 각자 편한 곳에 시선을 두고 몸속에 차를 담았다. 같은 온도의 눈빛이 오고 갔고 내가 먼저 말을 시작했다.

"지금 어떠신가요?"

"괜찮아요. 잊으려고 노력했는데 이야기하다 보니 다시 그 기분이 나서 가슴이 답답해졌었는데 지금은 괜찮습니다."

"그래요. 말해 줘서 고마워요. 그 시간을 지나 보내고 이렇게 인연으로 있어 줘서 감사합니다. 애쓰셨고 수고하셨고 이렇게 제 앞에 계셔 줘서 감사해요."

"하하하 별말씀을요."

"조금 전에 하신 말씀 중에 혹시 도박중독과 이어지는 그런 부분을 느끼셨을까요?"

"제가 그런 일을 겪어서 성격이 이상하게 된 것인가요?"

"스스로 이상한 성격이라고 생각하시나요?"

"도박중독에 걸린 것이 정상은 아니니까요. 집도 날려 먹고 대출까지 받아서 다 날려 먹었으니 이상한 성격인 게 맞을 것 같아요."

문답을 통해 하나하나 가는 방식이 편하다. 하지만 영기 씨는 경제활동을 한 시간이라도 더 해야 할 만큼의 상황으로 시간이 귀했다. 또한, 우리는 앞에서 테스트 기간이 길었기에 시간을 효율적으로 사용해야 한다고 생각 들어서 내가 느낀 것을 점검받는 방식을 신뢰했다.

"제가 들었을 때는 앞에 말한 도박할 때 느낌과 비슷한 것 같아요."

"네? 그게 무슨 말이에요?"

"영기 씨의 이야기를 듣고 이해되는 제 관점에 대해 어떤지 들어주실 수 있으실까요?"

"네. 뭐가 비슷해요? 듣고 싶어요."

"도박할 때 영기 씨가 돈을 확확 던지면 다른 사람들이 움찔거리고 눈치 보고 한숨 쉴 때 재미있다고 하셨는데 그게 고등학교 때 나와 상대의 처지가 바뀐 것 같아서 재미있다고 느끼는 것 같아요."

"네? 네?"

"계속 이야기해도 될까요?"

"네."

"어디서 날라오는지 감도 잡을 수 없게 그 아이들이 팍! 하고 폭력이 왔다고 하셨지요. 그게 도박할 때 다른 사람들이 상상할 수 없는 지점에서 돈을 확! 하고 던지는 것하고 느낌도 비슷하게 느껴져요."

"음⋯⋯."

"음⋯⋯은 무엇을 의미하는 것일까요?"

"계속 듣고 싶어요. 비슷한 게 또 있나요?"

"도박을 같이하는 사람들이 내가 돈을 확! 던지면 움찔거리고 쫄아서 재미있고 통쾌하다고 하셨는데 고등학교 때 그 애들이 나를 때리려고

손이 올라갈 때 움찔했던 영기 씨와 입장이 바뀌어 있는 것뿐이지 이것
또한 비슷한 것 같아요."

  오래된 지난 일을 기억해서 이야기하는데도 수치스럽다고 말했던
부분을 몇 번 만나지 않은 사람이 줄줄 이야기하고 그것을 들어야 하는
상황은 어렵다. 들어야 하는 말임을 알면서도 몸이 거부반응을 보이고
소화할 시간이 필요하다는 것을 너무도 잘 알기에 여기까지 말을 하고
나는 말을 멈췄다. 이후 영기 씨가 이야기를 어떻게 이끌어 가냐에 따
라서 내 관점을 더 말할 것인지 다른 맥락으로 넘어갈 것인지 그것도
아니면 그냥 헛소리로 날려 보낼 것인지 정해질 따름이다. 영기 씨가
먼저 말을 시작할 때가 언제일지 모르지만, 그때까지 이제 기다릴 때이
다. 시간이 갔고 진지함과 담대함이 섞인 목소리가 들려왔다.

"또 비슷한 게 있나요? 또 있으면 말해 주세요."
"제 관점으로는 비슷한 게 또 있어요."
"말해 주세요."

  영기 씨는 눈빛은 비장했고 내 눈빛은 겸손했다. 눈이 마주쳤고 우리
의 눈빛에 강도를 고요함으로 맞췄다. 눈빛에 강도가 맞춰진 이후 말
을 시작했다.

"도박하는 사람들이 쫄았을 때 모습을 보고 재미있다고 할 때는 고등학교 때 그 애들의 입장에서 영기 씨를 보는 것 같다고 느껴졌어요."

"그렇죠. 그 애들이 발로 차려고 다가오면 제가 쫄고 그러면 그 애들은 깔깔거렸어요. '종로에서 뺨 맞고 한강에서 욕하고.'네요."

"돈을 확확 던질 때 승자 같고 멋있고 남자답다고 생각하는 게 그 애들처럼 되고 싶었던 마음에서 파생되었지 않았나 하는 생각이 들었어요."

"비슷해요. 비슷해요. 듣다 보니 알겠어요. 제가 맞으면서 죽을 것 같을 때 그 애들이 했던 욕 중에 '죽어 새끼야.'가 있었어요. 죽으라고 해서 죽은 척했는데 그런다고 또 때리니 죽지도 못하고 움찔대고 비슷해요. 끼워 맞춰지네요."

"끼워 맞춰진다니 무슨 말이지요?"

"제가 완전히 돈을 다 따서 올 수 있고 상대들 몰빵하게 해서 탈탈 털 수 있는데 가끔 그냥 봐줄 때가 있어요. 저는 게임을 계속하고 싶어서 돈을 제가 다 따 버리면 판이 끝나니 봐준다고 생각했는데 그 사람들이 저처럼 죽지도 살지도 못하고 꺼억꺼억 대길 바랐던 것 같아요."

"꺼억꺼억……. 꺼억꺼억……."

"아!"

잊으려고 노력했었다고 했다. 고등학교 시절의 괴롭힘의 기억에서 벗어나려고 얼마나 몸부림쳤는지 절절하게 느껴졌다. 그저 물고 하나만 건드렸을 뿐인데 우르르 쏟아지는 듯했다. 밀어내고 몸살 쳐서 버리려고 배수구를 찾고 있었던 것으로 보였다. 고등학교 때 자신을 대신해서 도박판에서 수도 없이 복수하고 복수했다고 보였다.

"제가 이해된 관점은 이러해요. 어떠신가요?"

"시원해요. 통쾌해요. 하……. 끼워 맞춰져요. 저도 정말 제가 이해 안 될 때가 있었어요. 돈 딸 기회가 있어도 왜 그렇게 끌쩍거리며 봐주다가 결국에는 당하는지……. 가지고 놀고 싶었어요. 더 비참하게 그 사람들이 비굴하게 제 비위 맞출 때까지……. 여러 가지가 끼워 맞춰지면서 제가 왜 그랬는지 이해되는 게 있어요."

자기이해는 어렵다. 그리고 쉽다.

다시 침묵이 시작되었다. 지우고자 노력했던 수치스러운 과거를 현재 삶에서 포장지가 바뀐 채, 주객만 바뀐 채 연이어 왔던 자신의 삶을 보게 된다는 건 자연 속에 절기 같다. 하루 차이지만 우수가 지나면 새싹이 나온다. 계절의 궤도가 변화될 때 우리는 자연스럽게 받아들이지만 할 것이 많아진다. 절기가 바뀐다는 건 우주가 바뀐다는 말이기 때문이다.

어느덧 약속했던 시간이 다 되었고 우리는 각자의 또 다른 인연과 함께해야 할 때가 되었다.

"오늘 우리 이야기가 어떠셨을까요?"

"더 궁금한 것들이 떠오르고 계속 질문거리가 생겨나서 복잡해서 생각을 좀 해야 할 것 같아요."

"그렇군요. 지금 기분은 어떠세요?"

"멍해요. 이것도 기분인가요?"

"멍하다……. 그것만큼 정직한 기분도 없을 것 같은데요."

"저 이번 주에 한 번 더 만날 수 있을까요?"

"이유가 있으실까요?"

"이야기 시작했으니 답을 찾아야 할 것 같아요. 제 고등학교 때 일 때문에 지금도 제 인생이 이렇다고 하면 고쳐야죠."

자신의 수치에서 파생된 모순을 직면할 때 많은 사람이 그냥 덮고 가는 것을 보았다. 그런데 이번 주에 더 보자는 것은 덮거나 피하지 않겠다는 말로 들렸다. 다음 만남의 날짜를 약속하고 영기 씨는 문을 나갔고 나는 그 뒷모습에 정중히 인사를 드렸다.

고등학생 아이가 그 삼 년을 지나왔고 버텨 냈고 지금의 성인이 되었다는 내공을 무엇에 비할 수 있을까 싶어 경이로웠다. 그 내공 있는 아이가 성인이 되어서 이혼과 대출과 집을 날려 버린 현실 앞에서 삶을 어떻게 풀어 갈지도 매우 기대되었다.

프로이드의 구강기가 생각이 났다. 사람이 태어나서 첫돌까지 빨고

깨물어 먹는 것으로 양육을 받아 삶을 유지하는 시기를 구강기라고 설명했다. 이 시기에 과하거나 결핍되거나 등의 발달적 문제가 생겨날 때 이후 삶에서 상징적이고 승화된 형태로 많이 먹거나 지나치게 논쟁적일 수 있다는 것이다. 입으로 공격성을 띨 수 있는 이것은 첫돌 때까지 입으로 경험해야 할 욕구가 충족되지 않으면 구강의 만족과 쾌감에 지나치게 집착하게 되어 고착되고 이러한 고착은 우리의 삶에서 손가락 빨기, 과식, 과음, 흡연, 수다, 깨물기, 악담으로 나타날 수 있다는 것이다.

흡연중독, 알코올중독, 도박중독, 사람중독……. 무수한 중독 중에 나는 무엇에 중독되어 있는지도 생각하게 되었다.

고등학교 시절 또는 아직 말하지 않은 그 어떤 시절에 무엇이 고착되어 있는지를, 며칠 뒤 다시 만난 날까지 영기 씨가 자기를 보고 이해할 수 있길 예수님께 기도드렸다.

가난에 수치스러웠던 내 어린 시절이, 성인이 된 이후에도 내 삶에 무수히 영향을 주었던 것이 떠올랐다. 그것들을 지나 보내려고 용기 냈었던 나도 보였다. 일부는 지나갔지만, 아직도 여전히 흘려보내고 있는 내가 보였다. 단전과 발바닥을 반듯하게 하고 앉아, 차향으로 가득 차 있는 이 공간에서 온전히 머물렀다.

"아내가 가서 우리 어머니와
살라고 합니다."

- 선생님 -

여호와께서 아브람에게 이르시되
너는 너의 고향과 친척과 아버지의
집을 떠나 내가 네게 보여 줄 땅으로 가라
내가 너로 큰 민족을 이루고 네게 복을 주어
네 이름을 창대하게 하리니 너는 복이 될지라

- 창세기 12장 1-2절 -

가지런히 다문 입술, 반듯한 어깨, 바른 자세로 앉아 있는 점잖은 중년이었다. 조용한 말투와 천천히 깜빡이는 눈은 상대를 차분하게 할 충분한 기운이 느껴졌다.

불현듯 며칠 전 선물 받은 식혜가 떠올랐다. 총명하게 빚어진 투명 다기를 준비하고 얼음을 띄웠더니 이내 이쁜 자태로 담겼다. 식혜를 각자의 앞에 두고 마주 앉아 실속 있고 정제된 인사를 나눴고 본론적인 이야기를 함께했다.

"하고자 하시는 말씀 주시면 감사하겠습니다."

"우리 어머니와 아내 사이에서 제가 어떻게 해야 하는지 알고 싶습니다."

"그렇군요. 이것에 대해 조금 더 말씀해 주실 수 있으실까요?"

"어디서부터 말을 해야 할지, 뭐부터 말해야 할지, 저도 오면서 생각을 했습니다. 그런데 딱히 생각이 떠오르지 않았습니다. 물어봐 주시면 말씀드리겠습니다."

"그러시군요. 말씀하신 어머니와 아내의 사이부터 말씀해 주셔도 좋을 것 같아요."

"네. 처음 결혼할 때는 우리 어머니와 아내 사이가 나쁘지 않았던 것으로 기억합니다. 어느 날부터 아내가 우리 어머니를 싫어하고 흉을 보기 시작했습니다. 제가 결혼한 지 6년이 되었고 나이가 45살인데 아내는 저를 마마보이라고 하면서 우리 어머니를 싫어합니다. 처음에는 아내 말을 듣고도 못 듣는 척했고 나이 드신 분이라 그러신다고 이해도 시켜 봤습니다. 스트레스받는다고 해서 가방도 사 줬는데 더 심해졌습니다. 아내가 싫어한다는 것을 느끼셨는지 우리 어머니도 제게 아내에게 서운한 것을 말씀하시면서 우셨습니다. 저는 그때도 아내가 요즘 직장 일로 스트레스가 많다고 아내를 대변해 줬고 아내가 좋은 사람이라고 편을 들었습니다. 4년 전부터는 심해져서 아내는 우리 집도 가지 않으려고 하고 겨우 명절 아침에 잠깐 들렀다가 처가로 바로 가자고 했습니다. 그렇게 쌓이다 보니 우리 어머니가 화가 나서서 오지 말라고 하셨고, 뵐 때마다 제가 불쌍하다고 하시면서 못난 놈이라고 하시며 우셨어요. 3년 전부터 아내가 전혀 우리 집에 가지 않고 있습니다. 저도 생각이 많아지고 화도 나고 속상했지만, 가화만사성이라고 집안이 편해야 하니까 아내에게 굳이 가자는 말 하지 않고 우리 어머니 생신 때나 명절에는 딸만 데리고 다녀오는데 그것도 마음에 들지 않은지 다녀오면 인상을 쓰고 있습니다. 그런 분위기에 딸이 스트레스를 받으니 아내에게 제가 먼저 말을 걸면 소리를 치면서 화를 냅니다. 며칠 전에는 우리 어머니가 감기에 걸리셔서 보양식과 좋아하는 과일을 우리 집에 가져다드리느라 밤늦게 집에 들어갔는데 아내가 가서 어머니와 살라고 하면서 나가라고 저를 현관 쪽으로 계속 밀어내면서 저 같은 인간과는 못 살겠다고 했습니다. 아들이 어머니 죽을 가져다드린 것이 이혼할 만큼 큰 잘못인가요? 이게 이해가 됩니까? 속된말로 쌍욕만 하지 않았을 뿐이지 저주의 눈빛으로 저를 현관으로 밀어낼 때 그 힘이 어디서 나오는지 거참……."

"어머니와 아내분께서는 결혼해서 인연이 시작될 때는 나쁘지 않았던 것으로 기억되는데 아내분께서 먼저 어머니를 싫어하셨고 지금은 어머니도 아내분을 오지 말라고 하실 만큼 아내분께 화가 나신 상황이고 두 분 사이가 서로 틀어졌다고 보이네요."

"그렇습니다. 하 참……. 할 말이 없을 줄 알았는데 말하다 보니 제가 말이 많아졌습니다. 죄송합니다."

"말씀해 주셔서 고마워요. 어머니와 아내분의 사이는 틀어졌고, 그 사이에 계신다는 선생님께서는 어떻게 계시는가요?"

"하……. 이게 참. 저는 우리 어머님께 가면 불쌍한 노모 울리는 못난 놈이고 아내에게 가면 마마보이에 집에서 쫓겨날 만큼 나쁜 남편이고 그렇습니다."

"아내분께는 마마보이, 어머니는 못난 놈, 그러면 선생님 스스로는 어머니와 아내분의 사이에서 어떻게 계신다고 생각하세요?"

"말씀대로 못난 놈이고, 마마보이입니다."

"못난 놈은 어머님이 붙여 주신 것이고, 마마보이는 아내분께서 붙여 준 것이고 선생님이 스스로 보실 때는 어떻게 계시는지 선생님 생각이 듣고 싶어요."

"음……. 음……. 음……. 착한 사람?"

"착한 사람이군요. 왜 그렇게 생각하셨어요?"

"우리 딸아이가 종종 '아빠는 착해. 착해.'라고 말을 해서……."

"딸이 아빠를 착하다고 했군요. 음……. 제가 무슨 질문을 드렸는지 이해하셨는지요?"

"네. 제가 생각하는 나는 어머님과 아내 사이에서 뭐 하고 있는지 말하라고……."

"네. 그런데 딸이 말한 것을 말씀하네요."

"음……. 생각을 한 번도 안 해 봐서……. 음……. 아……. 어렵네요. 그러게요. 제가 무엇을 하고 있을까요? 어렵네요."

무슨 말을 할 줄 모르니 질문하면 답을 하겠다는 사람.

말하다 보니 말이 많아져서 죄송하다는 사람.

타인의 관점으로 자신에 대해서 바로 말하지만 스스로는 자신을 어떻게 생각하는지 모르겠다는 사람.

이 사람은 세상을 누구의 눈으로 살아왔을까 하는 생각이 들었다. 세상을 봤던 시각은 과연 자신의 시각이었을까 하는 생각이 들었다.

"한 번도 생각 안 해 본 거 하려고 저와 이야기하는 것일 수도 있어요. 지금 해 보면 되어요. 생각해 보시게요. 어머니와 아내분의 사이에서 어떻게 계세요?"

"음……. 박쥐요."

"박쥐군요. 왜 그렇게 생각하세요?"

"우리 어머니를 뵈면 너무 안쓰럽고 안타깝고 해 드린 것도 없어서 죄송하고 연세도 있으시고 사실 날도 얼마 없는데 효도도 못 하고 그래서 우리 어머니 생각에 마음에 아프고, 아내를 보면 없는 집 시집와서 고생하고 그러니 마음이 아픕니다. 우리 어머니 말을 들으면 어머니 입장이 안쓰럽고 또 아내 말을 들으면 아내 말이 맞고……. 주변 사람들에게 물어봐도 다들 아내 말 잘 듣고 화목하게 살면 그게 효도라고 하는데 그것은 우리 어머니 살아온 세월을 몰라서 하는 말이라하……. 제가 문제입니다. 그래서 어떻게 해야 하는지 조언 구하고자 왔습니다."

너무도 흔한 흐름을 다시 경험했다. 어머니와 아내 사이에서 갈팡질팡할 때 대부분의 아들이자 남편은 결국은 자신이 문제라고 결론짓는다. 물론 다른 결론을 짓는 사람들도 있지만 적어도 이러한 상황을 두고 나를 만나러 오는 사람들은 대체로 자신이 문제라고 한다. 태어나 처음 사랑받고 사랑했던 숙명으로 이어진 어머니, 운명의 사랑으로 백년가약을 맺은 아내 도저히 그들을 탓할 수 없으니 자신이 문제라고 결론짓는 것이 최선(善)인 것으로 보였나.

다시 또 본론적인 이야기로 시작했다.

"여쭤보고 싶은 것이 있는데 질문드려도 될까요?"

"네. 저는 질문에 답하는 게 더 편합니다."

"조금 전에 주변 분들에게 조언 구해도 다들 아내와 잘살고 화목하면 그게 효도라고 알려 줬는데 그렇게 알려 준 사람들은 어머니 살아온 세월을 몰라서 하는 말이라고 하셨던 부분 자세히 듣고 싶어요."

"우리 어머니가 아주 큰 부자는 아니었어도 그래도 먹고사는 집 막내딸이셨습니다. 사남 사녀 중에 우리 어머니가 막내셨는데 외할아버지가 우리 어머니를 가장 이뻐하셨습니다. 얼마나 이뻐하셨는지 시집간 어머니가 보고 싶으셔서 밭일하는 모습이라도 보시려고 두 시간 거리를 걸어서 밭일하는 모습을 보고 가셨습니다. 진짜 사랑만 받고 크셨습니다. 우리 어머니가 연세가 일흔하나이신데 어린 시절에 보리밥을 안 드셔 보셨습니다. 그렇게 귀하게 크신 분이 아버지 만나서 고생하시고……. 하……."

"네……. 어려우시면 쉬었다가 말씀하셔도 되세요."

"어려운 게 아니라 생각하면 마음이 너무 아픕니다. 우리 어머니가 머리가 굉장히 좋으셔서 머리를 잘 써서 적은 돈으로 집과 땅을 사고, 팔고 하시면서 제가 네 살 때 집을 세 채를 사셨어요. 지금은 그 동네가 평당 천만 원이 넘는다고 합니다. 그렇게 일궈놓은 재산을 아버지가 사업한다고 다 날려서 우리 어머니가 정말 고생 많으셨습니다. 제 밑으로 여동생이 있는데 우리 어머니가 식당일 하시면서 우리를 키우시고 그렇게 고생하셨는데 어떻게 제가 아내 말대로 적당히 하겠습니까? 저는 사실 지금도 제가 하는 게 우리 어머니께 너무 부족하고 죄송한데 아내는 과하다고 적당히 하라고 합니다."

"지금까지 말씀하시면서 뭐 느껴지시거나 생각 드는 게 있으신가요?"

"우리 어머님이 안타깝고 불쌍합니다."

맛난 식혜가 무색하게도 존재감이 없었다. 식혜의 밥알은 찻잔 밑에서 잠든 듯했다. 잔이 비워지게 될 때쯤에는 내 앞에 사람이 자신의 눈으로 세상을 볼 수 있길 기도했다. 적어도 자기 자신은 자기의 눈으로 볼 수 있길 기도했다.

"혹시 투자에 대해 어떻게 생각하세요? 관심 있는 분야 있으세요?"

"주식과 코인을 하고 있습니다."

"그러시군요. 주식과 코인 하다 보면 주변에서 종목 추천해 주고 하시던데 선생님 주변에도 있으신가요?"

"예전에 많이 당했습니다. 상장 폐지도 몇 번 당해 보았습니다."

"그러셨군요."

"저는 예전에 중학교 동창이 주식 종목을 저에게만 추천해 주는 거라고 하면서 작전 들어갔다고 절대 다른 사람에게는 말하지 말고 저만 사라고 추천해 줘서 그거 샀다가 상장 폐지당한 적 있는데 선생님도 그런 경우였을까요?"

"그렇습니다. 아는 형님이 개발한 신약이 나온다고 사라고 해서 영끌로 샀다가 다 날려 먹고 그 빚을 갚느라고 결혼적령기도 넘겨 버리고 늦게 결혼했습니다."

"이 이야기 좀 더 들려주실 수 있으실까요?"

"아내는 전혀 주식 관심이 없는데 주식 관심 있으신가요?"

"저도 별 관심은 없는데 선생님의 이 이야기는 더 듣고 싶어요."

"음……. 아는 형님이 제약주 추천을 해 주면서 신약이 나오는데 세상이 난리가 날 신약이 나온다고 했고, 저에게만 주는 고급정보라고 하는 말을 똑같이 저도 들었습니다. 그때 모아둔 돈과 받을 수 있는 대출은 다 받아서 샀는데 하……. 상장 폐지돼서 하……. 그 빚 갚느라 영혼이 피폐해졌었습니다."

"그 정도로 영끌하셨던 이유가 있으셨어요?"

"제약주가 한번 오르면 크게 오르고 그 형님과 정말 친형제처럼 친했고 확신 있게 말하니까 믿었습니다."

"네. 천천히 가 보시게요."

"네."

"그 형님이 주식 추천할 때 어떻게 말했는지 기억나세요?"

"기억납니다. 하나도, 하나도 잊지 않았습니다. 제가 몇 번을 따지고 그것 때문에 얼마나 힘들었는지 지금은 누가 추천해도 절대 믿지 않고 공부해서 투자하게 되었습니다."

"그 형님이 뭐라고 추천하셨어요?"

"**제약에 신약이 개발되었다. 이틀 뒤에 뉴스가 나면 대박이 나니 오늘 꼭 사야 한다. 신약 개발에 **제약이 사활을 걸었는데 그것이 성공했다.'라고 했었습니다."

"그 형님이 **제약에 다녔나요?"

"아닙니다."

"이야기를 들어보면 꼭 그 형님이 개발한 사람이거나, 개발한 것을 본 사람처럼 말했네요."

"그러니까 사기꾼이지요. 아……. 의절하고 연락도 안 한 지 10년이 넘었습니다."

"아, 사기꾼이에요?"

"그렇습니다. 자기가 본 것도 개발한 것도 아니면서 꼭 보고 개발한 당사자처럼 확신 있게 저를 홀리게 해서……. 요즘 유행하는 말로 가스라이팅! 당했습니다."

"그 후 그 형님과 이야기 나눠 보셨나요?"

"알고 보니 그 형님도 어떤 사람이 직접 본 것처럼 사실을 확인한 것처럼 말한 것에 완전히 세뇌당했었습니다. 그, 사이비 세뇌당한 것처럼 세뇌당해서 그 형님은 부모님 집, 형제간, 사촌에게까지 돈을 빌려서 정말 죽을 것처럼 되었습니다. 통장과 주식계좌 보여 주고 당한 거 확인시켜 주었습니다. 그래도 용서가 되지 않아 의절했습니다."

"그때 만약에 그 형님이 그렇게 확신에 차지 않고 개발된 것 같다든지 아니면 개발된 것일 수 있다. 또는 뉴스 나올 것 같다. 뉴스 나올 수도 있다고 했다면 어떠셨을까요?"

"완전히 결정이 달라졌을 것입니다. 제가 가지고 있는 돈에서만 샀든지, 아니면 안 샀을 수도 있고, 샀다고 해도 그날 주식 장을 지켜보다가 떨어지면 손절매해서 팔았을 텐데 믿어서 팔 수도 없는 하한가를 맞았습니다."

"선생님께서 지금까지 하신 이야기 제가 이해한 것이 맞는지 점검 해 주실 수 있으실까요?"

"네."

"주식에 투자해서 큰 손해를 본 적이 있는데 그것은 보거나 직접 확인하지 않은 정보를 마치 직접 보고, 직접적인 당사자인 것처럼 말했던 정보를 믿었기에 샀다. 그리고, 직접 보거나 그 당사자가 아닌데 그렇게 확신 있게 말한 것은 '당하게' 하는 것이다. 왜냐하면, 직접 본 것처럼 말하지 않았다면 선생님은 다른 결정을 할 수 있었을 테니……. 맞나요?"

"그렇습니다. 그때는 만약 그 주식을 사지 않는다면 제가 모자란 놈이라고 느껴졌었습니다."

말을 끝마친 후 녹지 않은 얼음을 능숙하지만 불편하게 피해 한 모금 마셨다.

일월의 추운 날씨 탓인지, 도자기 잔에 내공이 강해선지 식혜 안에 들어가 있는 얼음은 여전히 녹지 않고 있었다. 녹지 않은 얼음이 마음에 무척이나 걸렸다. 하지만 시간이 가면 얼음은 녹는다는 믿음을 가졌다. 나도 담대하게 용기 내어 식혜 위에 있는 얼음을 연하게 돌려 한 모금 마셨다.

　"제가 점검해 달라고 한 말이 어떻게 이해되셨어요?"

　"누군가가 직접 보거나 직접 듣지도 않은 것을 사실인 것처럼 말하는 것을 조심해야 한다. 세뇌당하게 되고 가스라이팅 당하게 되고 인생이 비밀 민금 정말 큰일이 나기 때문이다.'라고 이해했습니다."

　"선생님, 마음이 지금 열려 있으신가요?"

　"네."

　"선생님은 어머님께서 어린 시절에 외가댁에서 사셨던 모습을 보셨는지요?"

　"아니요. 못 봤습니다."

　"그런데 왜 제게 직접 보신 것처럼 말씀을 하시나요?"

　"네? 제가요? 네?"

　"네. 어머님을 외할아버지가 가장 이뻐하셨다고, 시집간 후 밭일하는 모습이라도 보시려고 두 시간 거리를 찾아와서 어머님을 보셨다고, 선생님이 네 살 때 어머님이 집을 세 채나 마련하셨다고 보신 것처럼 그 곁에 계셨던 사람처럼 말씀하셨어요. 선생님은 어머님 이야기를 왜 직접 보신 것처럼 제게 말씀하신 건가요?"

"무슨 말이신가요?"

"무슨 말일까요?"

"지금 우리 어머니께 제가 세뇌당했다고 말씀하시는 겁니까?"

"저는 그저 선생님께서 보지 않으신 장면을 보신 것처럼 왜 제게 말씀하셨는지 저는 여쭤보았어요."

쓰라리다고 내 앞 사람은 음성이 흔들렸고 나 역시 쓰라렸다. 한 사람은 얼굴이 빨갛게 되었고 입술에 잔뜩 힘이 들어갔다. 한 사람은 고요를 붙잡고 고요 뒤에 숨었다. 실력과 능력이 지식과 지혜가 이것뿐임이 죄송해서 숨었다.

잔에 식혜는 반도 줄어들지 않았다. 그리고 얼음은 여전히 있었다.

긴 침묵이 흘렀고 우리는 본격적인 마무리 인사를 했다. 다음 만남은 나중에 자신의 일정을 확인한 후 전화로 정하자는 달처럼 변화될 약속을 남기고 가셨다. 나는 가는 모습에 정중히 인사를 드렸다. 가는 사람은 내 눈을 마주쳐 주는 다정함은 없었다.

가는 뒷모습이 하도 무색해서 남은 내 모습이 하도 조그마해서 기도했다. "주님 제가 적절했나요? 그분에게 그리고 저에게 마음에 담대함을 주세요." 얼마인지 모를 시간이 흐른 뒤 식혜 잔을 정리하려고 보니 얼음은 흔적 없이 녹아 있었다.

다시 연락이 다시 온 건 세 번의 주가 바뀐 매우 추운 날이었다. 풍경 소리처럼 정갈한 걸음으로 들어왔고 우리는 마주 앉았다. 그날은 예쁜 꽃차를 준비했다. 투명 잔에 담긴 꽃이 차 위에서 곱게도 앉아 있었다.

　"어떻게 지내셨는지요?"

　"아내가 둘째를 임신했습니다. 저번 주에 병원에 다녀와서 알게 되었는데 아내는 제가 바뀌지 않으면 이혼을 하겠다고 합니다. 제가 바뀌어야 할 것 같습니다."

　생명은 놀랍다. '내가 문제다.'에서 '내가 바뀌어야 할 것 같다.'라고 지점을 옮겨놓은 생명은 참으로 경의롭다.

　"축하드려요. 귀한 소식 들려주셔서 감사합니다."

　"감사합니다."

　"다녀가신 후 어떠셨어요?"

　"음……. 화도 나고 복잡했습니다. 제가 우리 어머니 이야기를 꼭 제 이야기처럼 했다는 것을 전혀 인지하지 못했었고 아내가 싸울 때마다 제가 세뇌당해서 마마보이라고 했었는데 이곳에서도 제가 세뇌당했다고 하시니 뭔가 큰 망치로 한 대 맞은 것 같아서 힘들었습니다."

　"세뇌라는 단어를 아내분께서 선생님께 쓰셨던 단어였군요. 선생님 저는 선생님께 세뇌당했다고 말한 적이 없는데 왜 제가 세뇌당했다는 말을 했다고 하시는지요?"

"그렇게 이해되었습니다."

"저는 그날 직접 봤거나 직접 경험한 일이 아닌데 왜 직접 보고 경험한 것처럼 말하는 것인지 여쭤봤었어요. 기억나시나요?"

"네."

"이것에 대해 생각해 보셨을까요?"

"그 말이 계속 머리에 맴돌아서 '내가 왜 그랬을까?'라고 생각을 해봤는데 그만큼 많이 들었던 말이었습니다."

"내가 직접 보고 들었다고 느낄 만큼 많이 들었던 말이었군요."

"네."

"어떠셨는지요?"

"혼란스럽고 복잡했습니다."

"지금은 어떠신가요?"

"바뀌고 싶습니다."

"어떻게 바뀌고 싶으신지요?"

"아내가 바뀌지 않으면 함께 못 산다고 하니까 바뀌어야 하는데 사실 저는 어떻게 바뀌어야 하는지 모르겠습니다. 아내는 알아서 잘 생각하라고 하는데 차라리 어떻게 바뀌라고 가르쳐 주면 쉬울 것 같습니다."

아주 큰 나무를 옮길 때 나무의 상황을 고려하여 분 크기를 먼저 결정해야 한다. 분 크기를 결정하면 삽이나 그에 적절한 장비로 분 크기대로 흙을 퍼낸다. 그리고 미리 뿌리돌리기를 한다. 온 힘을 다해 흙을 퍼내지만, 뿌리가 다치지 않게 정교하게 염려하며 조심스럽게 삽질을 한다. 뿌리의 흙이 떨어지지 않도록 뿌리 부분을 감싸고 뿌리의 흙이 떨어지지 않게 매우 신중해야 한다.

"무슨 이야기로 시작해서 이것을 풀어볼까요? 오늘 하고 싶은 말씀이 있었을까요?"

"저는 우리 어머니가 너무 불쌍하고 저만 없었다면 훨씬 좋은 인생을 사실 수 있었다고 생각합니다. 아버지가 사업에 실패하셨을 때 어머님께서 '너희들만 아니면 이렇게 안 산다.'고 신세 한탄을 많이 하셨습니다. 우리 때문에 아버지와 어쩔 수 없이 사신다고 우리만 없으면 당장 나가서 사신다고 하시면서 우시는 모습을 여러 번 봤습니다. 식당에 일 가실 때 힘들어하시고 일 끝나고 집에 오시면 아버지와 동생에게 화를 많이 내셨어요. 여동생과 두 살 차이가 나는데 우리 어머니께서는 동생에게 '네가 태어나서 오빠 젖 뺏어 먹었다.'라고 말씀을 하셨습니다. 특히 일이 고되신 날에 집 청소가 되어 있지 않은 날은 동생도 아버지만큼 혼이 났습니다. 동생이 사 년 전 장학금을 받고 다닐 수 있는 대학교에 입학했는데 우리 어머님이 구박을 좀 하셨습니다."

"원래는 오빠 젖인데 네가 태어나서 오빠 것을 뺏어 먹었다고 하셨네요. 동생이 납부금 걱정 없이 장학금을 받고 입학했는데도 구박을 하신 이유가 있으셨을까요?"

"고등학교 졸업 후 가게 보탬을 바라셨는데 동생이 학교에 다니면 직장을 못 다니까 구박하셨던 것 같습니다."

"계속 말씀해 주세요."

"그때도 우리 어머님께서 식당일을 하셨는데 제게는 전혀 그런 구박하지 않고 학비를 내주셨고 넉넉하지는 않았지만 궁색하지 않게 용돈도 주셨고 나중에 안 일이지만 동생이 아르바이트해서 돈을 좀 드리면 그 돈까지 제게 주셨습니다. 저는 대학 다닐 때 아르바이트를 해 본 적이 없었습니다. 우리 어머님께서 공부에 집중하라고 저를 온전히 품어 주셨습니다."

"동생은 장학금 받고 학교 다녀도 구박받는데 선생님은 동생과 다르게 학비에 용돈까지 어머님께서 주셨네요. 그때 기분이나 뭐 심정 등등이 어떠셨어요?"

"'우리 어머니는 참 대단하시고 감사한 분이시고 무엇보다 자식에 대한 사랑과 책임감이 엄청나신 분이시구나.' 하는 생각이 들었습니다."

"제가 뭐 여쭤보았는지 이해하셨나요?"

"동생과 다르게 제 학비와 용돈을 줄 때 제가 어땠는지 물어보신 것이라고 이해했습니다."

"그런데 뭐라고 답하신 거예요?"

"우리 어머니는 대단하시고, 자식 사랑과 책임감이 있으시고……."

"말씀하시면서 느껴지시는 게 있으신가요?"

"잠시만요. 제게 뭘 물어보셨습니까?"

"동생은 장학금 받고 학교 다녀도 구박받는데 선생님은 동생과 다르게 학비에 용돈까지 어머님께서 주셨는데 그때 마음이 어떠셨는지 여쭤봤어요."

"음……. 별생각이 없었던 것 같습니다."

"지금 우리 대화에 대해 어떻게 생각하세요?"

"왜 제가 자꾸 헛소리하는지 모르겠습니다."

"아! 헛소리하셨어요?"

"제가 그때 어땠는지 물어보셨는데 왜 갑자기 어머니 이야기를 하는 것인지……."

우리 어머니에서 우리가 빠진 어머니로 호칭이 바뀌었다.

"제게 이렇게 어머님 이야기를 들려주시는 이유가 있으신가요?"

"음……. 아내가 계속해서 제가 어머니 편을 들어서 우리가 싸운다고 하는데 제가 무슨 편을 드는지 몰라서 정말로 편을 들고 있다면 제가 바뀔 수 있게 저번처럼 망치로 맞는 듯한 기분이 들더라도 바뀌어야 하겠기에 말씀드리는 것입니다."

"선생님의 말씀 도중에 제가 궁금한 부분과 '어?' 하면서 마음에 걸리는 부분이 있으면 질문이나 제 생각을 말해도 된다는 것인가요?"

"네. 그것입니다. 아내는 어머니가 이미 싫어졌으니 제가 무슨 말을 해도 어머니 편든다고 바뀌지 않는다고 생각하고 있으니 객관적으로 봐주실 분이 필요합니다."

"조금 전에 했던 말씀이 어머니가 대단하시고 감사하고 자식 사랑과 책임감이 엄청나신 분이라고 생각이 들었다고 하셨지요?"

"네. 우리 어머니는 자식 때문에 어쩔 수 없이 아버지와 계속 사신 것입니다."

다시 '우리'가 붙었다. 큰 나무일수록 분을 할 때 삽질은 깊고 여러 차례다.

"모성애는 너무도 귀하지요. 제가 어머니의 모성애를 감히 말하는 것 같아 조심스럽지만 궁금한 게 있어요. 혹시 제 말이 곡해 들릴까 걱정스럽네요."

"괜찮습니다. 말씀하셔도 됩니다."

"동생분에게도 엄마는 엄마이신데 동생에게는 네가 태어나서 오빠 젖을 뺏어 먹었다고 하셨잖아요. 사실 동생이 원해서 태어난 것이 아니고 어른들이 어찌 되었건 부부생활을 하셨기에 아이가 태어난 것인데 동생이 마치 주도해서 태어난 것처럼요. 그리고 두 살 위에 오빠는 대학교 학비에 용돈까지 주셨지만, 동생에게는 장학금 받고 들어간 대학도 칭찬과 지지가 아닌 구박을 하셨고 대학 생활 중에 아르바이트해서 돈을 드리면 그 돈도 오빠에게 주셨는데 이것에 대해서는 어떻게 생각하세요?"

"음……. 음……. 그래서 동생은 지금 어머니와 의절 아닌 의절 중입니다."

"선생님 생각이 듣고 싶어요. 어떻게 생각하세요?"

"동생에게는……. 음……."

침묵이 시작되었다. 처음부터 우리와 함께 있던 차는 그 모습 그대로 있었다. 이쁜 꽃잎이지만 잔 위에서 힘이 없어 보였다.

"동생에게는요?"

"동생은 서운했을 수 있겠습니다. 어릴 때 어머니께서 일 나가시면 동생이 밥 차려 주고 청소하고 살림을 거의 했습니다. 그때는 저도 철이 없어서 몰랐고 어머니께서 네가 오빠 젖을 뺏어 먹었으니 오빠에게 고마워하고 잘하라고 습관처럼 말씀하셔서 저도 그것에 익숙해져 있었던 것 같습니다."

"선생님에게는 확신 있게 어머님이 참 대단하시고 감사한 분이시고 자식에 대한 사랑과 책임감이 엄청나신 분이지만 같은 엄마를 둔 동생으로서는 다른 관점이 있을 수도 있겠군요."

"음……. 동생이 동생 결혼 며칠 앞두고 제게 울며 전화를 해서 어머니가 해도 해도 너무한다고 속상하다고 말한 기억이 납니다."

"그런 말을 하신 적이 있으셨군요. 동생과의 전화가 기억나신 이유가 있으신지요?"

"저는 어머니가 너무한다고 생각한 적이 없는데 동생이 그렇게 말했을 때 동생이 철없다고 생각했었는데 어쩌면 동생과 저는 다를 수 있겠다고 생각이 들었습니다."

"지금은 어떠세요? 어머님이 대단하시고 감사한 분이시고 무엇보다 자식에 대한 사랑과 책임감이 엄청나신 분이시라고 생각하시는지요?"

"음……. 제게 어머니는 대단하시고 감사하고 저에 대한 사랑과 책임이 엄청나신 분이라고 해야 할 것 같습니다."

"동생이 울면서 전화로 어머니가 해도 해도 너무하고, 속상하다는 표현을 하셨을 때 선생님은 동생분과 어떤 대화를 나누셨을까요?"

"동생이 우는 것이 처음이었고 저도 당황하고 경황이 없어 뭐라고 했는지 잘 생각은 나지 않지만 아마도 어머니 인생에서는 최선을 다했고 어머니도 고생 많으셨으니 안쓰럽고 불쌍하게 여기자고 했던 것 같습니다."

"편드셨네요."

"편이 아니고 사실입니다. 어머니는 고생을 계속하셨고 몸도 매우 편찮으십니다."

"누구 관점에서 사실인가요?"

"어머니 인생을 보면 사실입니다."

"선생님, 동생, 어머니 세 분이 대화하시는 것 같네요."

나무의 분을 뜨는 것이 힘들었는지 나는 차를 비웠고 두 잔째 다시 따라 마셨다. 꽃향기가 더 진하게 풍겼다.

"자꾸 그렇게 말씀하시는데 어머님 인생을 보신 게 아니지 않습니까?"

"제 표현이 불편하셨다면 죄송해요. 그렇지요. 저는 보지 못했어요."

"제가 동생과 같이 어머니 욕이라도 해야 한다는 말씀입니까?"

"아니요. 그렇지 않아요. 저는 선생님 눈으로 보고, 선생님 마음으로 느끼는 것이 아니라는 생각이 계속 들어서 마음에 걸려요. 천천히 봐 보시게요. 곁에서 밥도 차려 주고 심부름도 해 준 동생, 두 살 차이나는 동생과 비슷한 시기에 대학을 다녔는데 선생님은 학비에 용돈까지 받았지만, 용돈은 엄두도 못 내고 장학금 받고 학교 다닌다고 구박받았던 하나뿐인 동생이 본인 결혼식 앞두고 하나밖에 없는 오빠에게 전화했어요. 그러면서 어머니가 해도, 해도 너무하고 서운하다고 했어요. 오빠로 있어 보세요. 선생님 자신으로 있어 보세요. 선생님 자신, 선생님 자신으로 있을 때 선생님은 동생에게 뭐라고 대화하셨을까요? 천천히 머물러서 선생님 자신으로 있으면서 동생에 대화에 함께 해 보세요."

벽도 조용했고 천장도 조용했다. 우리도 조용했고 침묵은 진정으로 조용했다. 무소음 시계에서 초바늘 돌아가는 소리가 들리는 것 같았다.

"······울지 말라고 했을 것 같습니다."

"그리고요?"

"'오빠가 지금 갈까?'라고 물어봤을 것 같습니다."

　슬픈 표정의 중년이 내 앞에 있었다. 얌전히도 찻잔을 들었고 다소곳
하게도 차를 마셨다. 적당한 크기의 찻잔에 차가 비워졌고 이쁜 꽃잎
이 바닥에 깔려 있었다. 나는 더욱 공손하게 잔을 채워드렸다. 다시 꽃
잎은 차위로 떠올랐다.

"어떠신가요?"
"무엇부터 바뀌어야 하겠습니까?"
"무슨 말씀이지요?"
"어머니께서는 늘 저만 보고 사신다고 하셨습니다. 아버지가 사업
에 실패하신 후 어머니는 제게 너만 믿고 산다, 너 때문에 산다고 하시
면서 저를 위해 모든 헌신을 하셨습니다. 동생에게는 서운하게 했을지
몰라도 제게는 너무도 헌신하신 어머니입니다. 아내는 제가 바뀌기 전
에는 같이 못 산다고 하는데 제가 어머니를 버리기라도 해야 하는 것입
니까?"
"어머니를 버린다는 생각이 어떻게 드신 것인지요?"
"제가 바뀌어야 하는데 그러면 우리 집에 가자는 주장이나 어머님 보
자는 말도 꺼낼 수 없을 것이고 어머니께서 편찮으실 때 저 혼자도 가
지 말아야 하고 아내 말만 들어야 하는데 이런 것들이 어머니를 버린
것이라고 생각이 듭니다."

"어머니를 버린다.'라는 그 생각만으로도 너무도 아프네요. 거기까지 생각이 가셨다면 많이 힘드시겠어요."

"음……. 너무 괴롭습니다. 서로 좋게 살면 되는데 왜 아내는 이렇게나 어머니를 싫어하는지 알 수가 없습니다."

"어머니를 버리고 아내분을 선택해야 한다는 생각으로 이 상황을 지나가고 계신다면 정말 너무 괴로우시겠어요."

"음…… 괴롭습니다."

"선생님, 우리 집은 어디인가요?"

"네?"

"선생님이 말씀하신 우리 집은 어디인가요?"

"……."

"우리 집이 어디인가요?"

"……."

"이 침묵은 무엇을 의미하는 건가요?"

"어느 집을 말해야 할지……."

"무슨 말인가요?"

"갑자기 우리 집이 어디냐고 물어보시니 어느 집을 물어보는 것인지 헷갈려서……."

"선생님께서 어느 집을 말해야 할지 모르시니 아내분에게 지금 우리 집 주소 알려 달라고 문자를 해 보시겠어요? 지금 보내 보세요."

망설이던 손가락이 용기를 내서 아내에게 문자 메시지를 보냈고 기다리고 있었다는 듯 바로 아내에게 답장이 왔다.

"대한시 대한대로 7777이라고 왔습니다."

"바로 답장해 주셨네요."

"네."

"부부인연을 맺고 귀한 아이가 있다는데, 우리 집을 헷갈리는 배우자 어떠세요?"

"……."

"무슨 생각이 드시는지요?"

"아내는 망설이지도 않고 우리 집을 바로 말하는 것이……. 아내에게 미안합니다."

사람이 바뀌는 것은 어렵다. 그리고 쉽다.

"그렇다면……. 다른 사람들은……. 뭐라고 말을 합니까?"

"어머니 댁 또는 아버지 집, 아니면 그 지역을 말하거나 본가라고 말하지 않을까요?"

"그렇군요. 우리 집……. 본가……. 우리 집……. 본가……."

우리 집과 본가를 번갈아 가며 수차례 소리 내어 말씀하셨던 모습이 참으로 정직하게 느껴져서 그 모습에 고개 숙여 존경을 드렸다.

45년이 된 큰 나무를 옮길 때는 삽을 셀 수도 없이 뜬다. 감사하게 첫 삽을 떠서 분의 크기는 체감했다. 분의 테두리를 결정했고, 모든 과정에서 45년의 역사가 소중하게 옮겨질 수 있게 정성 들여 신중하게 잘, 또 잘, 매우 잘, 해야 한다. 우리는 매우 정성 들여 신중하게 뿌리의 흙이 떨어지지 않도록 뿌리 부분을 밧줄, 철사, 고무줄 등으로 감싸서 옮기고 새로운 곳에서 자생적이고 피톤치드를 뿜어낼 수 있는 나무가 될 수 있게 온 힘을 기울일 것이다.

45년이 된 큰 나무가 옮겨진 곳에는 본토에서 옮겨온 흙이 굉장히 중요하다. 옮겨온 흙은 새로운 곳에서 나무가 살아낼 수 있게 돕는데 이것은 뿌리가 의지할 수 있는 무조건적 역할을 할 것이다. 그러기에 우리는 뿌리를 감싼 본토의 흙을 묶은 밧줄, 철사, 고무줄 등을 세밀하게 제거하고 한 줌의 흙도 허투루 날리지 않게 귀하고 정중히 대할 것이다. 본토의 흙을 뿌리에 엉겨서 심어야 옮겨진 자리에서 나무가 잘 살수 있다. 새 흙에서 뿌리가 제대로 뻗지 못한다면 나무가 고사하는 현상이 발생 될 수 있는데 뿌리가 뻗으려면 본토에서 온 흙의 역할이 전부라고 해도 과하지 않을 것이다.

뿌리의 고마움과 중요성을 충분히 알기에 뿌리가 다치지 않게 우리는 매우 정성 들여 신중하게 흙을 메꿀 것이다. 그리고 새 흙과 본토의 흙이 잘 어울릴 수 있게 많이 밟고 충분한 물을 줄 것이다. 소중하고 귀한 45년의 역사가 있는 뿌리가 굳건하게 자리 잡고 펼쳐서 더 웅장한 나무가 될 수 있게 온 힘을 기울일 것이다.

지금 지점은 분 크기를 가늠했고 분의 테두리에 첫 삽을 떴다.

적절

낙뢰에도 부서지는 않은 파도인가
순간에도 멈추지 못한 물결인가

산에도 걸리지 않는 바람인가
하늘에도 머물지 못한 구름인가

티끌 하나 묻지 않은 고움인가
가락 한 곡조 담지 못한 무취인가

드넓고 높은 곳에 휘날리는 태극기인가
독립군 가슴 안에 고이 접힌 국기인가

태어나고 돌아가는 자연인가
만들고 썩어지는 인위인가

4부
—
사회의 길목에서

PART 1

"승진해서 사표 내고 싶을 만큼
 힘이 듭니다."

– 에리 님 –

모든 지킬 만한 것 중에 더욱 네 마음을 지키라
생명의 근원이 이에서 남이니라

- 잠언 4장 23절 -

어른에게 기대어서 한없이 어리광부리고 귀여움을 받고 싶을 때가 있다. 나이가 오십이 되어서도 내 안에는 여전히 열 살의 아이가 있다. 이 아이는 순진하고 해맑은 모습으로도 나오고 어리고 미숙한 모습으로도 나오며 가끔은 철딱서니 없는 말괄량이로도 나온다. 세상에서 보이는 오십 살 아줌마 나이를 전혀 무시하고 내 안에 있는 열 살의 아이가 세상으로 나오려고 할 때 나는 사탕을 물려 주든지 치킨을 사 주든지 좋아하는 〈검정 고무신〉 만화를 보게 해 준다. 이러한 행동이 나를 보살피는 것이라고 해야 할지, 나를 통제하는 것이라고 해야 할지 모르겠지만 내 목적인 내 안에 아이를 잠잠하게 하는 방법이다.

어느 날에는 왠지 모르게 내 안에 열 살의 아이가 더 잘 느껴진다. 입 안에 넣으면 풍성하고 향도 가득 풍기는 사탕, 언제 봐도 내 마음에 쏙 드는 빛깔에 청포도 맛 사탕을 오물오물하며 입 놀이를 하고 있을 때 칠월의 햇살만큼 매력 있는 예리 씨가 왔다. 여러 차례 와서인지 익숙하게 선반 위에 있는 차 중에 페퍼민트 티백을 꺼내서 텀블러에 넣었고 정수기에서 온수를 담고, 적당히 냉수를 섞었다. 본인의 텀블러가 손에 잡기 편하고 입 크기와 맞아서 마시기도 수월하다며 본인의 텀블러에 차를 마시고 싶다고 예의 있게 말했던 그때가 벌써 두 달이 지났다.

"어떻게 지내셨는지요?"

"잘 지냈어요. 잘 지내셨어요?"

"네. 덕분에 잘 지냈어요. 예리 씨는 어떻게 지내셨는지요?"

"팀장으로 승진되었어요. 어떻게 할까요? 하⋯⋯. 그렇게 안 되길 바랐는데⋯⋯. 이틀 전에 승진발표가 나서 잠을 설쳤어요."

오 년을 사용했다던 텀블러를 저번 주에 새것으로 바꿔 왔다. 여기 저기 찾아봐도 마음에 드는 것이 없어서 낡았지만 유용하게 쓴다던 텀블러를 새것으로 바꿔 왔다. 기존의 텀블러는 아담했고 세월의 흔적 속에서 파스텔 색조 분홍색을 겨우 지키고 있었는데 새로 바뀌어 온 텀블러는 기존 것보다 1.5배는 커 보였고 색상도 강한 녹색이었다.

"승진되셨군요."

"이제 마음도 안정되고 편안해져서 휴가를 가도 마음 편히 갈 수 있을 것으로 생각했는데 이런 일이 생기다니⋯⋯. 저 어떻게 할까요?"

"승진결과를 듣고 어떠셨어요?"

"제가 윗분들 말을 잘 듣고 시킨 것을 잘하면서 그것에 성취감 느끼는 성향이잖아요. 저는 승진되기 싫었어요. 그냥 지금 자리가 좋고 시킨 거 하면서 이렇게 지내고 싶었는데 승진발표에 제 이름이 나왔을 때 하⋯⋯. '어떻게 하지?'라는 걱정만 들었어요. 윗사람 모시는 것은 오히려 편하고 잘할 수 있는데 팀장이 얼마나 욕먹는 자리인지⋯⋯. 그리고 팀원 중에 저보다 더 나이가 많으신 분도 계세요. 어떻게 하지요?"

"어떻게 하고 싶으신가요?"

"사표 쓸까요? 너무한가요? 휴직할까요? 하⋯⋯. 저는 직장 다니는 게 좋은데⋯⋯. 휴직해서 할 것도 없어요. 직장 다니면서 휴가로 가는 여행은 좋지만, 휴직하고 여행 가는 것은 싫어요."

"음⋯⋯. 승진확인을 하고 '어떻게 하지?'라고 걱정이 되었다고 하셨는데 무엇을 어떻게 해야 하는지 걱정되신 건가요?"

"제가 이렇게 저렇게 지시하고 틀리면 말도 해야 하고 이것저것 시키는 처지가 되는 건데 저 정말 그런 거 못 해요. 차라리 제가 하고 말지 저는 누구 시키는 거 그게 너무 힘들어요."

"시키는 게 힘드셔서 걱정되신 건가요?"

"네. 팀장이 되면 계속 시키고 해야 하는데 어떻게 할까요? 제가 잘하는 건 누가 시키면 시키는 대로 하는 것을 잘하고 그것은 자신 있는데⋯⋯. 하⋯⋯."

"누가 시키면 시키는 대로 하는 것을 잘하시는군요. 이 이야기 구체적으로 듣고 싶어요."

"업무도 윗분들이 시키는 것은 잘할 수 있어요. 예를 들면 회의할 때 음료를 준비할 때가 있어요. 그때 사람들이 음료 주문을 각양각색으로 할 때가 있거든요. 열 명이 회의한다면 음료가 다 다를 때가 있어요. 전에 말한 회사 안에 카페, 거기서 주문해서 준비할 때가 있는데 저는 메모해서 실수 없이 성함과 음료를 딱 맞춰서 준비해요. 다른 사람들은 그것이 매우 귀찮다고 하지만 저는 그런 것도 재미있고 잘해요."

"윗사람이 시키는 것은 업무도 그렇고 회의 준비과정에서 음료를 준비할 때 열 명이 다 각자 다른 음료를 부탁해도 사람과 음료를 매치해서 좌석에까지 딱 맞춰서 준비해 주는 것까지도 잘하시는군요."

"네. 저는 윗사람이 시키는 일을 하는 것은 어렵지 않더라고요."

"음……. 예를 들어서, 카페 직원에게 음료 열 개를 각각 다르게 주문했어요. 그런데 그 직원이 혼동해서 음료를 몇 개 잘못 줬을 때 그때 예리 씨는 어떻게 하세요?"

"주문한 것이 잘못 나왔다고 바꿔 달라고 말해서 바꿔요."

"직원이 '아니다. 나는 이렇게 주문받았다.'라고 우기면요?"

"제가 주문할 때 핸드폰에 딱 정리를 해서 가는데 그것을 보면서 주문을 해요. 그래서 그럴 일이 없을 텐데……. 만약에 그런다면 다시 정중하게 상황 설명하고 영수증 보여 주면서 바꿔 달라고 해서 회의에 가져갈 건 정확히 가져가요."

"아……. 억지 부릴 수 없게 영수증을 딱 가지고 계시는군요. 그 후에 카페 직원이 한숨을 쉬거나 인상을 쓰거나 뭐라고 구시렁거리면서 다시 만들어 줄 때는 어떻게 하시겠어요."

"좀 불편하긴 하지만 그건 그 직원 기분이고 그러니까 별 신경을 쓰지 않고 시간 체크 할 것 같아요."

"아……. 그 직원이 언짢은 비언어적 메시지나 간접적인 표현을 해도 그것에 흔들리지 않고 내가 회의 준비를 할 수 있는 시간에 맞춰질지에 대한 시간 체크를 하시는군요."

"네. 음료가 녹거나 식지 않게 시간을 맞춰서 준비해야 하니까요."

"카페 직원이 바꿔 주면서 뭐 손동작이 좀 거칠거나 아니면 인상을 쓰고 있거나 말투가 거칠게 '여기욧!' 이렇게 준다고 하면 그때는 어떻게 하시겠어요?"

"어찌 되었건 두 번 일하게 된 그분도 기분 좋지 않으셨으니 그러실 것 같아요. 그래서 더 정중하고 친절하게 정말 고맙다고 더 깍듯하게 감사하다고 말씀드리고 받아올 것 같아요."

"고맙다는 인사에도 별 반응 없고 뒤돌아서 자기 일하시면요?"

"그것까지는 제가 어떻게 할 수 없는 것이라 저는 그냥 회사 들어갈 것 같아요."

"회사 안에 카페가 있으니 다음에 또 회의가 생기면 그 카페를 가야 하잖아요. 고맙다는 인사도 안 받아 주는데 이후에는 어떻게 해요?"

"그건 제가 상관할 건 아닌 것 같아요. 제가 억지 부린 게 아니고 직원이 틀린 것을 바꿔 달라고 했고 어떻게 보면 직원이 실수를 사과해야 했는데 오히려 기분 나빠하신 것도 저는 고맙다고 인사를 했기에 제가 직원의 눈치 보거나 죄송해서 못 갈 이유는 없는 것 같아요."

"예리 씨가 카페 직원에게 기분이 나쁘거나 속상해서 안 갈 수도 있을 것 같은데 그건 어떠세요?"

"호호호 사람이 짜증 낼 수도 있죠. 그렇다고 해서 그 직원이 안 바꿔준 건 아니잖아요. 저는 거리낌 없이 갈 수 있을 것 같아요."

"지금까지 우리 대화에서 뭐 느껴지는 것 있으실까요?"

"음……. 제가 너무 감정이 없나요? 너무 생각이 없나요?"

"잘 시키세요."

"네? 무엇을요?"

"다른 사람에게 잘 시키세요."

"제가요? 왜 그렇게 생각하셨어요?"

"카페 직원에게 열 가지의 다양한 음료를 주문할 때요."

"아……. 호호호 다른 직원들이 그렇게 주문하는 것 보고 진상이라고 한 적이 있어요. 제가 마실 게 아니니 제 흉은 아니니까 별 신경 안 썼긴 했는데 카페 직원으로서는 진상이겠죠?"

"하하하 그렇게 열 가지를 다양하게 시켰을 때 그 직원 표정이 어떠시던가요?"

"음……. 음……. 그러고 보니 직원 표정을 본 적은 없는 것 같아요. 제가 메모한 것을 잘 주문하고 있는지, 잘 전달되었는지 확인하는 것에 집중한 것 같아요."

"잘 시키시는군요."

"이해가 잘되지 않은데……. 설명해 주세요."

"열 가지 음료를 각자 다르게 주문하셨잖아요. 직원에게 열 가지의 음료를 시킨! 거지요. 맞나요?"

"호호호 맞아요. 시킨 거죠. 하지만 음료를 만드는 것은 그분이 하실 일이잖아요."

"그렇지요. 하실 일을 시킨 것이 잘 시키는 거지요. 만약 카페 직원에게 노래를 시켰다면 그건 '잘못' 시킨 거고요. 카페 직원에게는 음료를 시키는 게 '잘' 시키는 거지요."

"그리고요?"

"직원이 실수했는데 그것에 화내거나 돌발하지 않고 사실적인 근거 제시해서 수정해 주라고 반려하셨지요?"

"네."

"그것도 잘 시키신 거 같아요."

"아……. 수정……. 반려……."

명사로 보면 보이지 않은 것이 동사로 보면 보이고 형용사가 바뀐다.

지갑을 훔칠 때는 도둑질이라고 한다. 마음을 훔칠 때는 낭만적이라고 한다.

"카페 직원이 인상 쓰고 구시렁거렸는데도 상대의 표현 자율성도 적절하게 수용하면서 요청사항 이외의 것에 흔들리지 않고 잘 시키신 것 같아요."

"아. 그렇네요."

"다시 만들어서 제대로 준 카페 직원에게 고맙다고 표현하고 음료를 받고 완료시켜 낸 것. 이 모든 게 다 잘 시키신 것 같아요."

"네."

"잘 시키시는 분인 것 같아요."

"호호호 잘 시키긴 하네요."

"이것을 예리 씨의 회사 장면으로 가져가 볼 수 있을까요?"

"제가 카페 직원은 아랫사람이라고 생각하지를 않아서 오히려 잘할 수 있었던 것 같아요. 그런데 회사에서는 제가 아랫사람일 때는 잘할 수 있었는데 제가 윗사람이 된다고 생각하니까 힘들었어요."

카페에서는 주문이라고 했고, 회사에서는 시킨 것이라고 했다.

저번에 만남에서 나눈 예리 씨의 옷에 대한 기억이 떠올랐다. 기성품은 크기가 정확하게 맞지 않아 옷을 전문점에서 맞춰 입고 있다는 대화도 이 맥락과 비슷했다.

"저번에 말씀하신 그 맞춤옷 하시는 곳에서는 어떻게 수정과 보완을 한다고 제게 말했는지 기억하시는지요?"

"맞추고 옷이 나오면 대부분 사람은 집에 가서 입어 보고 더 자세히 보고 여기저기 흠을 찾아서 다시 가져가서 수선하는 경우가 많은데 저는 바로 입어 보고 그 자리에서 하나하나 체크한다고 했어요. 바느질 땀이나 주문했던 요청이 다르게 나온 것이 있으면 고쳐 달라고 하고 집에 가져온 후에는 다시 가서 고쳐 달라고 하는 경우가 없다고요. 그래서 처음에는 깐깐한 사람 취급받을 수도 있는데 그 사장님도 지금은 저를 매우 좋아하시고 제 스타일을 아니까 더 잘해 주시고 그렇거든요."

"옷 맞추시는 곳에서도 잘 시키시네요?"

"호호호 그렇네요. 그 사장님도 아랫사람이라고 생각해 본 적이 없고 제가 그분께 윗사람이라고 생각해 본 적이 없어요. 그래서 긴 시간 동안 좋은 관계로 유지되는 것 같아요."

"지금은 어떠세요? 예리 씨가 시키는 것을 못 하고 힘들어한다고 생각하시나요?"

"대화 도중에 느낀 게 시키는 것이 힘들었던 것이 아니라 윗사람 아랫사람이라는 게 제가 힘든 부분이라고 생각이 들었어요."

친절하게 겉으로 문제라고 나타내 준 것은 현상적인 형태가 있지만, 심리적인 문제는 여러 겹의 포장지로 싸여 있는 경우가 많다. 앞선 과정에서 우리는 여러 차례 포장지를 벗겼고 그 불필요한 포장지를 경험했다. 그리고 이것이 포장지인지 본 품인지 분간하는 눈이 생겼고 포장지를 신속하게 깔끔하게 정리하는 방법도 익혔다. 필요한 포장지의 중요성도 인지했고 허례적인 포장지도 알 수 있게 되었다. 그 덕에 포장지를 뜯어 곱게 곁에 두고 본 품에 관해 대화할 시간이 더 빨리 임해졌다.

"윗사람, 아랫사람……. 좀 더 늘려주세요."
"다시 또 부모님과 동생들 이야기로 돌아가는 것 같아요."

앞선 여덟 번의 만남에서 주 내용은 부모님과 남동생 두 명에 관한 이야기였고 그것에 대한 풀이를 함께했었다.

"부모님과 동생들……."
"부모님께서 처음 맞벌이를 시작하실 때가 제가 육 학년, 첫째 동생이 사 학년, 둘째 동생이 삼 학년이었어요. 제게 동생들 공부나 학원, 숙제 같은 것을 총괄시키셨어요. 제 것 하기도 힘들었지만, 부모님께 도움 되고 싶은 마음이 커서 동생들에게 시켰어요. 아무리 시켜도 애들이 제 말을 듣지 않았어요. 남자 애들이라 말을 듣기는커녕 둘이 치고받고 싸우지만 않아도 다행이었어요. 부모님은 왜 숙제를 안 시켰냐, 학원을 꼭 가게 시켜야 하는데 학원을 보내지 않았다고 저를 혼내셨어요. 제가 동생들에게 사정하고 혼내면서 시켜도 애들이 제 말을 들어주지 않았어요. 지긋지긋하고 나중에는 정말 너무 지겨워서 제가 숙제를 대신 해 준 적이 있어요. 그때 부모님이 '윗사람이 아랫사람을 잘 챙겨야 한다. 네가 첫째니 네가 모범을 보여야 한다. 동생들이 못하는 건 윗사람인 네가 책임이 있다.'라고 말씀하시면서 저를 혼내셨어요. 하……."
"부모님께 도움이 되고 싶었는데 총괄시킨 동생을 학원 가게 숙제하게 시키는 것을 못 하셨네요. 걱정되고, 속상하고, 감정이 여러 가지였을 것 같아요."

"부모님께 도움이 되지 못한 제가 죄송하고 무능하고 혼날 것도 걱정되고 화나고 하……."

"부모님께는 죄송하고 스스로는 무능하게 느껴지고, 혼날 것도 걱정되는데 동생들은 시키는 것을 따라주지 않아서 화났었군요."

"네. 그때는 애들이 속이 없어도 너무 없는 것 같았어요. 집이 힘들어져서 엄마까지 일하시는데 제가 더 시킨 것도 아니고 꼭 해야 하는 것, 숙제와 학원 가는 것을 시켜도 하지를 않았어요. 이곳에서 대화 중에 동생들도 갑작스러운 집안 변화에 대한 혼동 시기여서 그렇게 불안을 달랬어야 했다는 것을 알게 된 후에는 동생들이 이해되었지만, 그전에는 동생들이 참 미웠어요. 그런데 이 윗사람, 아랫사람 이야기를 하면서 그때 생각이 났어요. 부모님께서 제게 말하신 '네가 윗사람이니 네가 동생들에게 잘 시켜야 하고 동생들이 못 하면 네가 책임이 있다.'라는 말이 회사에서도 제가 윗사람이 되면 마치 아랫사람을 다 책임져야 할 것 같았고 잘 시키지 못하면 제가 무능하다고 느껴질 것 같아서 싫었던 것 같아요."

"육 학년의 예리에게 부모님의 말씀은 컸던 것 같아요."

"동생들에게 잘 시키지 못한 제게 부모님이 실망하신 것 같아서 속상했어요. 제가 부모님께 도움이 되지 않은 것 같아서……. 너무 죄송했어요."

"우리가 앞서 말했던 부모님에게 도움이 되고 싶었던 장녀의 이야기가 여기서도 나오는 것 같군요."

"네. 하……. 깊네요. 곳곳에 깔려 있네요. 제가 또 회사 사람들을 우리 가족처럼 보고 있었어요."

두 달 동안 함께 뒹굴고 안고 춤추고 울었던 시간 들을 지금의 마음으로 가지고 와서 다시 뒹굴고 안고 춤추며 섞여 녹이는 시간을 조용한 침묵으로 표현하였다.

"우리 대화가 소화되셨을까요?"

"네. 윗사람 아랫사람 이것을 빼면 될 것 같아요. 제가 할 일 제가 하고 직원들이 할 일 직원들에게 주문, 호호호 하면 될 것 같아요."

"하하하 직원들이 팀장님 흉보면요?"

"그럴 수도 있죠. 그 사람들 감정도 기분도 생각도 중요하고 그 사람들 자율성이니까요. 호호호"

문제는 문제라고 보는 순간 문제가 된다.

우리가 만나고 오늘이 되는 사이에 봄에서 여름이 되었다.

예리 씨가 새로운 주제로 이야기를 먼저 시작하였다.

"저번 주에 주신 숙제해 왔어요."

"하시면서 어떠셨어요?"

"저번 주에 숙제가, 제가 사람들 비위 맞추려고 말 걸 때마다 正 자로 몇 번이나 하는지 세어 오라고 하신 것이잖아요. 신기한 게 제가 출근하자마자부터 사람들에게 기분을 맞추려고 말을 거는 거예요. 세다 보니까 이게 백 번도 넘을 것 같아서 생각해 보니 '몇 번 하는지 보시려고 이것을 숙제로 주신 건 아니시겠구나!'라는 게 깨달아졌어요. 그때, 저를 보라고 하셨던 말이 생각이 나서 저를 보니까 제가 이 사람들 기분이 어떤지 알려고 말을 거는 것이더라고요. 기분이 나쁜가? 혹시나 오늘 화가 났나? 지금 기분은 어떤가? 하고 기분 파악을 하려고 말을 거는 것이더라고요."

"아, 내가 사람들에게 자꾸 말을 먼저 걸고 농담을 하는 이유가 비위 맞추려고 하는 것이 아니라 상대 기분을 파악하고 싶어서라는 것을 알게 되셨네요."

"네. 그런데 제가 생각하는 게 맞아요? 제가 몇 번이나 하는지 세 보려고 하신 게 아니라 제가 이 숙제를 하는 과정에서 깨닫게 하려고 하신 것이 맞나요?"

"무엇을 하셨어도 다 맞아요. 감사히 잘해 오셨어요. 비위 맞추려고가 아니라 상대 기분이 어떤지 알려고 말을 거는 본인을 깨달았다는 이야기를 좀 더 나누실까요?"

"제가 출근을 가장 먼저 하는 편인데 이후에 출근하는 사람마다 말을 거는 거예요. 저도 깜짝 놀랐어요. 그때마다 正 자를 적다 보니 너무 많

아서 제가 왜 말을 거냐하고 저를 보니, 이 사람들 기분이 어떤지 알고
싶어서 말을 걸고 있는 저를 봤어요."

"상대 기분을 알고 싶으셨어요?"

"네."

"왜일까요?"

"상대방 기분이 나쁘면 그 사람으로 인해 제가 기분이 나빠질 수 있
으니 어떻게든 그 사람들 기분을 좋게 해 주고 싶어 하더라고요. 제가
저번에 그랬잖아요. 커피 타 드릴까요? 오늘 옷 잘 어울리세요. 등등
여러 가지 말을 한다고요. 자학개그도 하고 살신성인 개그까지 한다고
요. 그게 상대방이 기분이 나쁘면 제가 기분 나빠질 수도 있으니 말을
거는 거였어요."

"제가 이해한 것이 맞는지 점검해 주세요. 예리 씨가 상대에게 비위
맞추고 싶어서 말을 계속 건다고 하셔서 하루에 몇 번이나 그러는지 세
어 보고 오자라고 했지요. 세는 동안에 스스로 깨닫게 된 것이, 비위 맞
추고 싶다기보다는 상대 기분을 파악하고 싶어서 한다는 것을 알게 되
었네요. 그 상대의 기분을 알고 싶은 이유는 상대가 기분이 나쁘면 그
상대로부터 예리 씨 기분이 나빠질 수 있기 때문이고요."

"네. 맞아요."

"상대방 기분이 나쁜데 왜 예리 씨 기분이 나빠지는 거지요?"

"예를 들면, '제가 대리님 이것 좀 함께 봐요.'라고 말했을 때 상대방
기분이 나쁜 날에는 '꼭 지금 봐야 해요?'라고 화난 말투로 말을 하면 제

기분도 나빠지니까 그럴 일이 없게 최대한 사람들 기분 파악을 하는 것 같았어요."

"기분 파악을 하시네요. 파악이 무엇인가요?"

"그날 그 사람 기분을 진단하는 것이죠."

"기분을 파악한 후에는 어떻게 하셨어요?"

"기분이 좋은 사람은 그냥 두고, 기분이 나쁜 사람은 제가 커피 한 잔 타 줄까요? 혹시 뭐 도와줄까요? 뭐 말도 안 되는 자학개그, 살신성인 개그 농담하고 전에 말씀드렸잖아요. 기분을 바꿔 주려고 노력을 온 힘을 다해서 그렇게나 하고 있었어요."

"본인을 보셨네요. 어떠셨어요?"

"충격이었어요. 첫 번째는 제가 그렇게나 많이 말을 걸면서 비위 맞추려고 한다는 것을 正 자로 세어서 숫자로 보니까 충격이었고, 두 번째는 사람들 기분 파악하려고 한다는 것이 충격이었어요. 제 기분 지키려고 이렇게나 애쓰고 살았구나 싶었어요. 다 저를 위해서 하는 거였어요."

"수고하셨어요. 기분 지키려고 최선을 다하신 거 정말 수고하셨어요. 거친 방법이 아니라 내가 할 수 있는 가장 부드러운 방법으로 한 것 정말 애쓰셨어요."

"네. 애쓰고 있더라고요."

"상대로부터 내 기분이 바뀌는 게 그렇게 싫으셨나 봐요."

"네. 저는 사실 크게 기분 나쁠 일이 없어요. 남편도 참 조용하고 차분한 사람이고 우리 가족들도 예전에는 힘들어서 그랬지만 지금은 동생들도 다 자기 앞길 찾고 부모님도 안정되고 그래서 저는 출근해서 일하는 게 참 좋아요. 그런데 사람들이 말하는 것에 상처를 받게 되면 제 기분이 딱 바뀌잖아요. 저는 그냥 제 기분 그대로 지키고 싶은데 상대로 인해서 기분 바뀌는 게 너무 싫어요."

"부모님이 다투실 때 내 기분은 내 의사와 상관없이 바뀌게 되어 두렵고 불안하고 힘들어졌었고, 동생들이 싸울 때도 내 기분은 내 의사와 상관없이 바뀌게 되어 화나고 무력해졌었다는 전에 나눈 대화가 생각나네요."

"맞아요. 저는 상대방으로 인해 제 기분이 바뀌는 게 정말 싫어요. 이제 정말 바뀌고 싶지 않아요."

"상대방이 예리 씨 기분을 바꾸나요?"

"네. 퉁명스러운 말투로 바꾸고 거친 행동으로 바꾸고 상대방으로 인해 제 기분이 바뀌는 게 싫어요."

"상대가 내 기분을 바꿀 때 어떠세요?"

"정말 싫어요. 그 사람들 때문에 왜 내 기분이 바뀌어야 하는지 화나요. 정말 싫어요."

"그렇게 싫다면서 예리 씨는 상대의 기분을 왜 바꾸세요?"

"네?"

"예리 씨가 출근하는 사람마다 기분 파악하려고 말을 걸고 기분 나쁜 사람이 있으면 그 사람 기분을 바꾸려고 커피를 권하거나, 자학개그까

지 하신다면서요. 기분이 상대방으로 인해 바뀌는 것이 정말 싫다면서
예리 씨는 왜 그렇게나 상대 기분을 바꾸려고 하세요?"

"……."

예리 씨의 손목에는 저번 주까지 없었던 똑똑하게 생긴 시계가 둘러
싸여 있었다.

시계의 초바늘이 정확하게 절도 있게 성실하게 움직였다.

"한 대 땅 맞은 것 같아요."

"아프신가요?"

"아니요. 조용해져요."

"고요함이길요."

"……."

변함없이 흘러가는 크로노스에서 능동적이고 의미 있게 보낸, 의식
적으로 보낸 질적인 시간, 카이로스. 카이로스를 경험하고 있는 우리
가 얼마나 떳떳한 시간에 있는지 감사하다.

"그렇네요. 제가 그 사람들의 기분을 바꾸려고 그렇게나 애썼네요."

"성공률은요?"

"십중팔구였던 것 같아요."

"꽤 높군요."

"네. 그 사람들 기분을 바꿔야 제 기분이 안 바뀔 수 있으니까 최선을 다해서 바꿨던 것 같아요."

"애쓰셨어요."

"그 사람들 기분을 바꿔서 제 기분을 지켰어요."

"수고하셨어요."

"그 사람들 기분을 바꾸지 않고 제 기분을 지킬 방법이 있나요?"

"이미 하고 계셨어요. 그리고 예리 씨가 하실 수 있다고도 조금 전에도 말씀하셨어요."

"네?"

"자율성."

"아……. 자율성……."

"무슨 말인 것 같으세요?"

"상대 기분은 상대가 마음대로 할 수 있다고 그 카페 그 아르바이트 분처럼요."

"제가 듣기로는 상대가 나쁜 기분을 예리 씨에게 표현할 때! 예리 씨가 기분이 바뀌지 않게 마음을 지키는 방법을 알고 싶으신 것 같으세요. 맞는지요?"

"네. 맞아요. 상대가 나쁘게 표현해도 제 기분이 바뀌지 않게 제 마음을 지키고 싶어요."

우리는 잠시 호흡을 고르고 차도 한 모금 마셨다.

"카페 직원 떠올려 보세요. 예를 들어 음료가 잘못 나와서 바꿔 주라고 했는데 카페 직원이 기분이 나빴어요. 그래서 인상 쓰고 손동작도 거칠게 음료를 주면서 구시렁구시렁하고 있어요. 그거 누구에게 하는 거예요?"

"저요? 저에게 하는 건가요?"

"그러게요. 누구에게 하는 거예요?"

"전가요? 저는 정말 모르겠어요. 누구에게 하는 거예요?"

"저도 모르죠."

"네?"

"가져간 사람 몫이지 않을까요?"

"만약 예리 씨가 카페 직원에게 '지금 제게 구시렁거리고 인상 쓰고 손동작 그렇게 거칠게 하는 거예요?'라고 가져가면 그건 예리 씨에게 한 것일 것이고 평상시 예리 씨처럼 전혀 가져가지 않고, 누구에게 하는 것인지도 모르면 그건 쉬고 싶은데 일이 길어져서 일 자체에나, 아니면 아르바이트하고 있는 본인에게 자신의 삶에나 또는 이렇게 각각 주문한 그 회의 참가자들에게 어쩌면 이 상황을 그대로 보고 계신 하늘의 그분에게 하는 것일 수도 있고요. 누구에게 하는 것인지는 저도 모르지만, 누구든지 가져간 사람에게 하는 것 아닐까요? 이 이야기 어떻게 들리세요?"

"제가……. 우리 회사 사람들의 니쁜 기분을 제가 가지고 갔다는 것으로 이해돼요."

"회사 분들이 '나 기분이 나쁘니 내 기분으로 네 기분까지 바꿔 버릴 거야.'라기보다는 본인들 삶이 버거워서 말투가 거칠게 나올 수 있겠지요. 그 카페 직원처럼요. 카페 직원의 나쁜 기분은 예리 씨의 기분을 바꾸지 못했고 그래서 목표한 음료 종류를 다 맞춰서 회의 준비를 정확히 할 수 있었지요. 그러면서도 예리 씨는 기분이 바뀌지 않았고요. 이것에 대해 어떻게 생각하세요?"

"부모님의 기분이 어떤지 아침부터 걱정되었어요. 그래서 일찍 일어나서 하루를 준비했고 동생들을 챙겼어요. 동생들 기분이 어떤지 매번 신경 썼어요. 애들이 좋다가도 갑자기 싸우면 집안이 난리가 나고 도저히 제힘으로는 말릴 수가 없었거든요. 이제는 동생들은 싸우지 않고 부모님도 갑자기 화내지 않은데 저번에 말한 것처럼 익숙한 패턴 찾으러 회사에 대입해서 제가 회사 사람들을 그렇게 보고 있는 것 같아요. 카페 직원에게 하는 것처럼 하면 되는데요."

"카페 직원에게 하는 그것처럼 하는 것이 어떻게 하는 거지요?"

"저 할 것하고 상대방이 기분이 나빠서 퉁명스럽게 말해도 제가 잘못하거나 실수한 것이 아니면 그 사람 기분이니 제가 바꿀 필요가 없는데 제가 파악, 기분진단까지 내려가면서 그렇게까지……. 하는 거 그거 하지 않아도 되는 거요."

마음을 지키는 것은 어렵다. 그리고 쉽다.

"더 하실 말씀 있으시면 계속해 주세요."

"제 기분을 누가 바꾸면 싫어하면서 제가 다른 사람 기분을 바꾸려고 한다는 것을 알았으니 하지 않을 것 같아요. 한 번도 제가 다른 사람 기분 바꾼다는 생각은 하지 못했어요. 제가 다른 사람 기분을 딸 할 이상으로 바꿨었다는 것을 전혀 몰랐어요. 그리고 제게 회사는 제가 생각하는 것보다 더 소중한 곳 같아요. 우리 가족에게 했던 것을 그대로 회사 식구들에게 하고 있네요. 저는 회식도 웬만한 일 아니고서야 꼭 참석하거든요. 회사 식구들의 식사 자리니까요."

회사 식구들의 식사 자리라는 말이 예리 씨의 회사생활을 상징하는 문장으로 들렸다.

대화가 끝나고 텀블러를 챙겨 들고 일어섰다. 차가 준비된 선반 앞으로 갔다.

"어? 여기 장미꽃 차가 있었어요?"

"네."

"언제부터요?"

"하하하 그러게요. 언제부터 있었을까요?"

"저 이거 한 잔 더 담아가도 되나요?"

"네."

텀블러를 열어 장미꽃 차를 넣고 물을 충분히 담았다.

저번 주보다 굽이 높아진 신발을 신고 문을 열고 이쁜 걸음으로 나가셨다.

장미꽃 차는 내가 이곳을 준비할 때부터 항상 그곳에 있었다.

"낮은 자존감으로
회사생활이 어렵습니다."

– 성하 님 –

즐거워하는 자들과 함께 즐거워하고
우는 자들과 함께 울라

- 로마서 12장 15절 -

언젠가 우리 딸이 남자친구라고 소개를 해 주는 날에 이런 사람을 데리고 왔으면 좋겠다는 생각이 들 만큼 반듯하고 청명한 청년이 왔다. 가지런히 정리된 머릿결은 연한 조명에도 반짝거렸고 쌍꺼풀 없는 눈은 적당히 차분했으며 맑은 피부에서는 선한 마음이 느껴졌다. 옅은 회색 셔츠는 목까지 단추를 여미었고 그 위에 깔끔한 검정 스웨터를 입었다. 구김이 없는 잿빛 면바지와 검은색 양말에서는 세련된 정돈이 보였다. 절도가 과하지 않은 걸음과 옳지만 굳어 보이지 않은 어깨가 혼기가 찬 딸을 둔 어미 마음에 충분한 바람을 만들어 냈다. 앉은 자세도 잘 배운 선비같이 참으로 적절했다. 서로의 호칭 정리가 섞인 소개와 담백한 인사를 나눴고 물 흐르듯 자연스럽게 대화가 시작되었다.

"…회사에서 적응하지 못하는 것 같습니다. 잘해 보고자 노력하는데 사람들과 어울리지 못하고 제가 무엇을 위해 회사에 있는지 의심스러울 지경입니다."

"스스로 무엇을 위해 회사에 있는지 의심이 들고 잘해 보고자 노력해도 사람들과 어울리지 못하는 것이 회사에 적응하지 못하는 것으로 연결되시는 것 같네요."

"…첫 직장이라 그럴 수도 있다고 생각이 들어서 더 열심히 일하고 하나하나 실수 없이 신중하게 회사생활을 했는데 들리는 말은 제 자존감이 무너지는 말들이 들립니다."

"어떤 말이 들렸는지요?"

"…제가 남중 남고 공대 출신이라 그런지……. 제가 답답하고 불편하다고 합니다."

"답답하고 불편하다는 이야기를 더 들려주시면 감사하겠어요."

"…사람들이 제게 말을 걸지 않고, 제게 줘야 할 정보도 잘 공유해 주지 않고, 점심시간이나 휴식시간에도 저는 모르는 식사 자리가 생기고, 삼삼오오 모여서 그 사람들끼리 차를 마시러 가는 일이 빈번해집니다."

"빈번해진다……. 이전에는 그렇지 않았다는 말씀이신지요?"

"…네. 처음 입사했을 때는 팀원들끼리 같이 식사도 했고 입사 동기들끼리 모여서 자주 만나고 했는데 이제는 서로서로 소그룹이 생겨서 그들끼리 자리를 하는 것 같습니다."

"사람들이 그렇게 할 때 성하 씨는 어떤 느낌이 드는지요?"

"…제가 자존감이 낮아서인지 모르겠지만 저는 배척당한다는 생각이 듭니다."

"배척당한다고 생각될 때 기분은 어떤가요?"

차분한 눈빛은 진중함을 담았다. 실수 없이 신중하게 말하기 위해서 그때 기분을 떠올리고 있는 듯했다.

"…옳지 않다고 생각합니다."
"옳지 않다고 생각하셨군요. 또 다른 것이 있나요?"

다시 침묵이 이어졌다. 엄지와 검지를 이용해 입술을 매만지며 이전보다 더 신중한 모습이 보였다.

"…울컥했던 것 같습니다."
"울컥하셨군요. 옳지 않은 것은 무엇이고 울컥은 무엇인가요?"
"…배척당한 사람이 제가 아니라도, 함께 머무는 곳에서 점심시간에 한 명을 제외하고 식사 자리가 빈번하게 만들어지는 것은 옳지 않다고 생각이 들고 제가 알아야 할 정보가 있는데 그것을 공유해 주지 않고 저만 모르고 있다는 것을 뒤늦게 알게 되어 난처한 상황이 될 때 울컥했었던 것 같습니다."
"왜 울컥했을까요?"
"…창피했던 것 같습니다."

성하 씨의 대화 패턴이 느껴졌다. 말을 시작할 때 약 삼 초 정도의 정적이 흐른 뒤 대답을 하는 모습이 일관적으로 보였다. 생각하고 나

뉘야 할 대화는 이삼십 초를 조용하게 사용한 후 대화가 이어졌나. 일반적으로 삼 초, 이삼십 초는 아주 짧은 시간이지만 대화 패턴에 따라 이 초 단위의 시간은 침묵이라고 느껴질 수도 있고 티키타카가 아닌, 티……키타……카가 될 수 있다. 아주 오랜만에 내가 편안한 대화 속도를 갖은 사람을 만났다. 대부분 사람은 '식사하셨어요? 네.'라고 답하는데 내 속도는 '식사하셨어요?'라는 질문을 받으면 한두 번 호흡을 한 후 대답을 하는 것이 편하다. 이러한 대답 속도가 다른 사람에게 지루함이나 답답함을 준다는 사실을 나이를 먹고 한참이나 지난 후 아이를 키우면서 알게 되었다. 아이에게 '대답해!'라고 말할 때 아이가 바로 말을 하지 않으면 그 십 초가 얼마나 사람을 답답하게 하는지 비로소 인정하게 되었다.

마음이 급한 사람들에게 대화할 때 삼 초는 잘 사용하지 않은 시간이다. 대화할 때 숨 고르기 삼 초는 지금의 시대와는 거리가 있다고 느껴졌다.

"우리 정리해 보시게요. 사람들이 성하 씨에게 답답하고 불편하다는 말을 했어요. 사람들이 식사와 휴식시간에 성하 씨를 배척하고 그들끼리 모여서 다니고 또 정보도 알려 주지 않아서 성하 씨만 모르는 일들이 생겨났어요. 이런 것들이 성하 씨는 옳지 않다고 생각이 들고 창피함이 느껴져서 울컥했어요. 맞는지요?"

"…네."

"이러한 상황과 회사에 무엇을 위해 있는지 의심이 드는 것과 어떠한 연관성이 있는지요?"

"…이렇게 다녀서 제가 버틸 수 있을까 하는 걱정이 듭니다."

"이렇게는 무엇을 말하는 것인지요?"

"…사람들하고도 멀어지고 그러면서 자연스럽게 공유해야 할 정보도 모르게 되는데 계속 이렇게 되면 제가 버틸 수 있을지……. 의문이 듭니다."

"그 공유해 줘야 하는 정보는 업무여서 공문으로 받고 파일로 받는 것으로 알고 있는데 말씀하시는 식사, 차 마시는 사담 자리에서 정보를 공유받아야 하는지요?"

"…공적인 정보는 당연히 파일로 받는데……. 그게 파일로 주고받을 수 없는 그런……. 사담 같지만, 사담이 아닌 정보들이……."

"아. 그 입에서 입으로 전해진다는 대학으로 치면 그 족보 같은, 문건인 듯 문건 아닌 문건 같은 정보요."

"…네. 그런 거요. 하하하."

'그런 것입니다.'가 아니라 '그런 거요.'라고 말투가 바뀌었다. 그리고 웃음을 보였다. 차분한 눈이 반달로 변했다. 눈웃음으로 만들어진 주름이 반달에 빛이 퍼지듯이 매우 환했다. 절개와 절도, 예(禮)로 정돈된 청자색 도포를 입고 흑립을 쓴 선비에서, 씩씩하게 팽이를 치는 함박웃음에 귀여운 복건을 쓴 활발한 도령님이 보였다. 우리의 대화가 마무리될 때쯤에는 성하 씨의 아우라가 지금의 시대를 녹여낼 수 있길 기도했다.

"조금 전 말씀에서 처음 입사 때는 이러지 않았는데 빈번해지고 있다고 말씀하셨지요?"

"…네."

"그전과 다르게 빈번해지게 변한 이유가 있었을까요?"

"…회사에서 회식할 때 노래방을 자주 갔는데 사람들은 춤도 추고 노래도 꽤나 잘 부릅니다. 유행하는 노래도 알고 그것에 맞춰 춤도 추고, 윗분들도 동기들도 다들 신나 합니다. 하지만 저는 노래도 못하고, 춤을 추거나 역동적으로 표현하는 게 불편하고 못해서 하지 않았는데 그때부터 시작이었던 것 같습니다."

"회식에서 다들 노래 부르고 역동적으로 춤추는데 성하 씨는 가만히 있다는 말씀이신가요?"

"…손뼉은 쳤습니다."

"하하하 그래요. 손뼉은 치셨군요. 어떻게 치셨어요? 표정은 어떻게 짓고 있었을까요?"

"…이렇게 손뼉 치고 표정은……. 집중해서 듣고 있어서 얼굴 표정은 잘 기억이 나지 않습니다."

"박수를 이렇게 모범생처럼 손뼉 치면서 노래를 집중하셨어요?"

"…네. 다들 노래를 잘 부릅니다. 요즘은 막춤 이런 것이 아니라 가수들이 추는 춤을 그대로 추시길래 감탄해서 집중했습니다."

"그런 곳 가면, 노래를 부르지 않겠다는 사람은 끝까지 시키고 그러지 않나요?"

"여러 차례 시키긴 하셨는데 제가 계속 거절하니까 동기가 대신 나서서 더 신나게 노래 부르고 춤추고 해서 그렇게 지나갔습니다."

"동기가 대신 나서서 지나갔군요. 동기가 대신 나서서 신나게 노래 부르고 춤출 때 뭐하셨는지요?"

"손뼉 치고 있었습니다."

"이렇게, 이렇게 손뼉 치고 계셨군요."

"하하하 가끔은 집중이 안 돼서 멍해질 때가 있는데 그럴 때는 다시 정신 차리고 집중해서 손뼉 치려고 합니다. 하하하"

"왜 웃으실까요?"

"…흉내 내시니까 웃겨서요. 하하하"

"하하하 그러셨군요. 노래방이 시작이었고 그다음도 있는지요?"

"…이것은 확실하지는 않은데 몇 달 전에 우리 팀이 프로젝트에 성공해서 부회장님이 직접 우리 팀에 오셔서 격려하셨던 날이 있었습니다. 부회장님께서 가신 후에 팀으로 특별 성과급을 받았다고 팀장님이 말씀하시는데 팀원들이 환호했었습니다. 그때 저는 하고 있었던 일이 있었기에 그 일을 마무리하려고 제 책상에 앉아서 일하고 있었는데 옆에 앉아 있던 동기가 저를 찌르면서 '야' 하길래 뒤돌아보니 서로 안고 하이파이브하고 되게 좋아하고 있었고 팀장님은 눈물도 글썽거리셨다고 동기가 말해 줬습니다. 다음번 조직개편 때 우리 팀이 해체될 수도 있는 상황이어서 프로젝트 성공하게 하려고 다들 고생했던 것 같았고, 저도 집에서 주말에도 회사 일을 해서 어머님이 그 회사는 너만 일하냐고 말씀하실 만큼 고생했었는데 결과가 좋아서 다행이라고 생각했었습니다. 그날 이후에 팀장님도 뭔가 변한 것 같고 팀원들도 그렇고……. 그런데 그때는 딱히 제게 뭘 하라고 해서 제가 거절하거나 그러지 않았었는데 그때부터 좀……."

"…팀 해체 위기에서 극적으로 프로젝트 성공해서 팀도 유지되고 부회장님까지 오셔서 격려에 금일봉까지 주시고 팀장님은 눈물까지 글썽거리신 것 보면 되게 큰 성과였나 보네요."

"…네. 그때 우리 팀의 단합력이 최고였고 지금 생각해도 프로젝트 결과는 신이 도운 일 같습니다."

더없이 얌전한 어느 봄날에 고운 지인이 친정집에서 따오셨다면서 보리수를 주셨다. 어찌나 빛깔이 이쁜지 한 알씩 씻어 청을 담았다. 그 청이 마치 좋게 익어서 시원하게 차로 대접할 수 있어서 기뻤다. 보리수 청은 연한 주황색이 떠오르는 맛이었다. 성하 씨는 이야기를 단락 짓고 보리수 차를 바르게 마셨다. 한 모금 마시다가 향을 맡았다. 이내 한 모금 더 마셨고 다시 향을 음미했다.

"성하 씨는 본인이 어떤 사람 같으신가요?"

"음……. 조용하고 차분한 사람 같습니다."

"그리고요?"

"음……. 신중하고 특별하게 눈에 띄지 않은 사람 같습니다."

"자연으로 표현한다면 무엇이 있을까요? 뭐 바람, 하늘, 물 등등 어느 것도 좋아요."

"…생각해 본 적이 없어서…. 음……. 음……. 호수. 바람이 없는 곳에 있는 호수 정도 될 것 같습니다."

"고요한가요?"

"…네. 고요한 것 같습니다. 재미없는 사람일지는 모르지만 고요한 사람인 것 같습니다. 어디 가서 튀는 것은 하지 않으려 합니다."

"왜 튀는 것을 하지 않으려고 하세요?"

"…튈 만큼 잘난 것도 없고 고요하게 있는 듯 없는 듯, 고요한 것이 제게 잘 맞고 그렇게 있는 게 제가 추구하는 삶 같습니다."

"고요한 것이 잘 맞고 고요하게 사는 삶을 추구하는 거 같군요."

"…네. 저는 튀는 것 없이 고요한 것이 좋습니다."

"성하 씨가 잘하시는 거, 좋아하시는 것 계속하시면 이 걱정은 지나갈 것 같은 생각이 들어요."

"…제가 잘하는 거, 좋아하는 거를 계속하는 게 무엇인가요?"

"고요한 거요."

"…고요한 거는 지금까지 하고 있는데……. 그래서 이 상황에 있는데……. 요."

"제가 뭐 좀 여쭤보고 싶은 것이 있는데 괜찮겠는지요?"

"…네."

"잔칫집에서 고요는 무엇일까요?"

"음⋯⋯."

조용하고 차분하고 신중해졌다.

"음⋯⋯. 잔칫집에서 고요는 맞지 않은 것 같습니다."

"맞지 않다가 무슨 말인가요?"

"…잔칫집에서 고요하면 그건 잔칫집이 아닌 것 같은 생각이 들었습니다."

"그렇군요. 조금 더 생각해 보시게요. 잔칫집에서 고요는 무엇일까요?"

"음⋯⋯. 얌전히 식사하는 것일까요? 이것도 아닌 것 같은데⋯⋯. 잘 모르겠습니다."

"잔칫집에서 고요는 풍악이에요."

"⋯⋯."

"잔칫집에서 얌전은 튀는 것이에요."

"⋯⋯."

"제 말 어떻게 생각하세요?"

"…그렇죠. 잔칫집에서는 신나야 하니까 맞는 말씀 같은데⋯⋯. 잘⋯⋯. 이해가⋯⋯. 왜 얌전한 것이 튀는 것인지⋯⋯."

"잔칫집을 머리에 그려 보세요. 다들 춤추고, 웃고, 왁자지껄하고 술을 주거나 받거나 하지요. 그곳에서 조용히 바른 자세로 얌전히 식사에 집중하고 있는 한 사람이 있어요. 그 사람 한번 봐보세요. 어떠세요?"

"……음……. 튀네요."

"튀나요? 왜요?"

"…다들 신나서 웃고, 잔치라서 반갑고 들떠 있는데 혼자 그렇게 식사하고 있으니 되게 튀어 보입니다."

"그러면 상갓집에서 고요는 무엇일까요?"

"음……. 그때는 조용히 식사하는 것일까요?"

"그렇지요. 고인의 명복을 빌고 상주들이 준비한 음식을 조용히 식사하면서 애도하는 것과 통곡이 고요지요."

"아……."

"상갓집에서 통곡이 없으면 어떨까요?"

"…이상하죠……. 이 집은 무슨 사연 있나 싶어서……. 왜 부모님이 돌아가셨는데 울지 않지 싶어서…. 아……. 울지 않은 상갓집도 튀네요."

"이 이야기 제가 왜 할까요?"

"음……. 제가 튀었다는 말씀 하시는 것 같습니다."

"우리 회사에서 장면을 좀 적용해 보시게요."

"…네."

"노래방에 갔어요. 다들 뛰고 춤추고 노래 부르고 하지요. 그때 고요는 무엇일까요?"

"음……. 노래요."

"그런데 성하 씨는 뭐하셨어요?"

"…집중해서 손뼉 쳤어요."

"어떠세요?"

"아……. 좀 떨어져서, 간격을 두고 보니 제가 튀네요."

"그러세요?"

"아……. 아……. 아…….."

"지금 어떤 생각이나 기분이 드시는지요?"

"그러면 저는 노래도 못하고 춤도 못 추는데 어떻게 해야 하는 것입
니까?"

처음으로 시작 말에 쉼 없이 바로 이어졌다. 성하 씨의 속도가 흐트
러지지 않게 다시 천천히 점검해야 한다고 생각이 들었다.

"함께 풀어가 보시게요."

"…네."

"잔칫집에서 뭐가 핵심일 것 같으세요?"

"…잔치니까 축하를 해야 하고 잔칫집은 신나야 하고…….."

"그렇지요. 내가 노래나 춤을 잘하고 못하고는 내가 큰 것이고 잔치
라는 상황이 크면 내가 잘하고 못하고는 큰 문제가 되지 않아요. 노래
방 회식이라는 상황보다 내가 더 클 때는 내가 잘하고 못하고가 문제이

지만, 회사 회식이 더 크면 내가 잘하고 못하고는 큰 문제가 되지 않아요. 이거 무슨 말 같으세요?"

"음……. 제가 너무 강하고 커서 제 주관 때문에 이렇게 제가 노래방에서 튀게 행동했다……고 말씀하시는 것 같은데……. 이해가 될 듯하면서 어렵습니다."

나는 보리수 청에 도움이 필요해졌다. 정성을 한 모금 마셨다.

"잔칫집에서 핵심은 축하와 신나는 것이라고 하셨지요?"
"…네."
"그러면 회사 회식에서 핵심은 무엇인가요?"
"…직원들 단합과 친교라고 생각합니다."
"단합과 친교군요. 그래서 사람들이 같은 노래를 단합해서 부르기도 하고 함께 춤도 추는군요."
"…제가 자존감이 낮은데 거기에 노래도 잘하지 않고 춤도 이상하게 춰서 하……. 같이 간 분들에게 예의가 없는 것 같은데……."

방어하는 것이 아니라 받아들이고 싶지만, 이해가 되지 않아 받아들여지지 못할 때는 본인이 가장 답답할 것이다.

"이렇게 보시게요. 다 같이 놀자고 놀이공원을 갔어요. 놀이공원에 대한 예의가 뭐예요?"

"…쓰레기를 버리지 않고 기물을 파손하지 않아야 합니다."

"맞아요. 쓰레기를 버리지 않고 기물을 파손하지 않은 것은 어느 곳에서도 해야 하는 것이지요. 놀이공원에 갈 때는 무엇을 하러 가는 것이지요?"

"…놀이기구를 타러 갑니다."

"그렇지요. 그렇지요."

"모두 같이 놀이기구를 타는데 어느 한 사람이 자기는 소리를 지를 때 음성이 멋지지 않고, 멋진 폼을 유지하지 못할까 봐 놀이기구를 타지 않고 다른 친구들 타는 것을 보면서 집중해서 손뼉 치는 거 어떻게 보이시나요?"

"그 사람이 혹시 놀이기구 타면 공포감을 느끼거나 지병이 있나요?"

진심으로 감사했다.

명석한 사람과 대화가 좋은 것은 주고받으면서 맞춰 나가면서 성장할 수 있기 때문이다.

좋은 질문은 좋은 답을 만든다.

내가 미숙하게 놓친 부분을 성하 씨가 메꿔 주었다.

이렇게 나는 또 한 명의 스승님을 뵈었다.

내 수준을 짚어 주는 가르침에 대한 예의로 정직하게 함께했다.

"죄송하지만 제가 놓친 질문이 있네요. 먼저 여쭤보게 허락해 주시면 고맙겠어요."

"…네. 말씀하세요."

"성하 씨는 노래 부르고 춤출 때 공포감을 느끼거나 지병이 있나요?"

"아……. 아니요. 지병은 아닌데……. 자존감이 낮아서……."

"네. 그럼 놀이공원 그 사람도 지병은 없어요."

침묵이 흘렀다.

내 잔에도 성하 씨 잔에도 보리수 한 알이 떠 있었다.

조금 전까지 보이지 않았는데 보이는 순간 내 눈에 거슬리기 시작했다.

왜냐하면, 차를 마실 때 보리수가 목에 걸릴 수도 있겠다는 생각이 들었기 때문이다.

보리수 알을 모두 건져내지 않고 찻잔 안에 들어가게 한 것이 내 실수라는 생각을 하고 있을 때 성하 씨가 먼저 말을 시작했다.

"지병이 없는데 그렇다면 유별스럽다고 생각을 할 것 같습니다."

"왜 유별스럽다고 생각하시나요?"

"놀이공원은 어차피 놀이기구 타러 가는 곳이고 무서운 기구는 타면서 일부러 소리를 지르려고 가기도 하는데 소리가 이상하게 나오든 기구 타면서 얼굴이 일그러져서 폼이 이상하든 문제가 되지 않을 텐데 그런 걱정에 놀이기구를 타지 않는 것이 유별스럽다고 생각이 들었습니다."

　말을 끝내고 찻잔을 잡아 차를 마셨다. 보리수 한 알이 차와 함께 딸려 들어가지 않을까 염려스러워 찻잔을 잡은 성하 씨의 손과 차를 마시는 목 넘김을 성실하게 보았다. 이내 찻잔이 책상에 놓았고 다행히 보리수 한 알은 새초롬하게 찻잔 안에 앉아 있었다. 성하 씨는 잔 속에 담겨 있던 보리수 한 알을 보더니 작은 차 수저를 들어 건져내었고 옆에 있는 다기에 옮겼다. 나도 내 앞에 차를 마시고 찻잔에 남겨진 보리수 한 알을 다기에 옮겼다. 비워진 잔에 알맹이 없이 맑은 차를 담았다. 성하 씨는 채워진 잔을 한 모금 마셨다. 나도 한 모금 마셨다.

　"조금 더 여쭤봐도 될까요?"
　"네."
　"놀이기구를 탈 때 소리를 멋지게 지르지 못하고 폼도 잘 나오지 않을까 봐 못 타고 집중해서 손뼉 치고 있는 것이, 자신이 자존감이 낮아서라고 하면 뭐라고 말해 주시겠어요?"
　"자존감이 낮은 게 아니라 자존감이 높아서 네 자존감을 좀 낮춰야겠다고 말할 것 같습니다."
　"왜 그렇게 말씀하실 건가요?"
　"자존감이 높으니 자기가 망가지는? 흐트러지는 것을 보이기 싫어하는 것 같습니다."

"이 이야기 그대로 노래방 회식 자리에서 성하 씨 입장에 적용해 보실 수 있으실까요?"

"음……."

"어떠세요?"

"유별나네요. 튀지 않게 살고 있다고 생각했어요. '모난 돌이 정 맞는다.'가 떠오릅니다."

"기분은 어떠실까요?"

"풀리는 것 같습니다. 한두 명이 아니고 다수가 그러면 그들이 문제가 아니고 제가 문제일 것 같다는 생각이 오래전부터 들었는데 찾아봐도 찾을 수가 없었는데 알게 돼서 기분은 개운해진 것 같습니다."

담대하기는 어렵다. 그리고 쉽다.

똑똑한 공대생은 대화가 잘 통한다. 공대 공부를 하지 않아서 잘 모르지만, 대화하다 보면 공대생들과 코드가 잘 맞고 대화가 술술 풀린다는 만족감이 생긴다. 여러 각도로 보는 것을 배우는 학문이라 그러지 않을까 하는 막연한 짐작이 일었다.

한참을 고요했다. 고요함이 우리와 함께 있는 것이 필요하다고 생각이 들었기에 내가 먼저 고요를 보내고 싶지 않아서 잔잔한 호흡으로 고요와 함께 머물렀다. 한참 후 성하 씨가 고요를 머금고 말을 시작했다.

"…생각이 많아지네요."

"무슨 말씀이실까요?"

"…다들 잔칫집인데 저 혼자 아……. 그런데 프로젝트 때, 하지만 그
때는 그 업무가 빨리 보내 줘야 하는 것이었는데……. 협조를 부탁받
아서 보내 줘야 하는 업무라서……."

나는 가만히 눈을 맞추고 미소를 지었다.

"…그때 한 오 분 정도는 같이 기뻐했어도 되었을까요?"

"왜 그렇게 생각하세요?"

"…우리 팀이 해체될 거라는 소문은 회사에 다 난 상황이었고 프로젝
트 성공한 후로 부회장님 오신다는 소문도 다 났었기 때문에 부회장님
오셔서 담화하시느라 한 오 분 늦었다고 하고 보냈어도……. 괜찮았을
것 같긴 합니다."

"협조 부탁받은 일을 오 분 늦게 주고, 잔칫집에 같은 가족으로서 신
났다면 어땠을까요?"

"…단합……. 적어도 모나지는 않았을 것 같습니다. 그리고 팀장님
도 팀원들도 이러지 않았을 것 같습니다."

"만약에 우리 집이 날아갈 위기에서 식구들이 흩어져 살아야 하는데
우리가 꽁꽁 뭉쳐 위기를 벗어나고 집도 지키고 상도 받을 수 있게 되
어서 부모님은 눈물 글썽이고 다들 기뻐서 안고 하이파이브하는 상황

에 성하 씨처럼 하는 사람이 있다면 어떤 생각이 들까요?"

"…우리 식구가 아닌 것 같습니다. 마치 무뚝뚝하고 답답한 이웃 아저씨 같습니다."

"그렇군요."

찻잔에 차가 말끔히 비어 있었다. 나는 차를 채웠고 성하 씨는 담기는 찻잔을 곱게 잡았다. 우리는 단합했다.

"더 하실 말씀이 있으실까요?"

"…회사 분들과 대화할 때 그분들이 하는 말에 제가 잘 모르는 분야고 관심도 없고 흥미도 없어서 가만히 있으면 사람들이 왜 정색하고 있냐는 말을 몇 번이나 들었습니다. 저는 정색하는 것이 아니라 관심이 없고 흥미도 없고 모르는 이야기고 또 그런 이야기로 웃고 흥분하고 그러면 '어디가? 왜? 무엇 때문에?'라고 생각하고, 찾고 있는데 그 모습이 정색하고 있는 것으로 보였던 것 같습니다."

"생각하면서 찾고 있는 모습이 정색하고 있다고 보였네요."

"…정색하고 있냐고 그러면 제가 아니라고 생각하고 있었다고 하면 또 오해를 만들어 내는 것 같습니다. 이야기하는 중에 무슨 딴생각하냐고 물어보고 저는 다른 생각을 하는 게 아니라 정말 집중해서 나는 여기서 무슨 말 해야 하나? 내가 여기 계속 있어야 하나? 나는 어디쯤에서 웃어야 하나? 그런 생각을 하는 것인데……."

"그렇군요. 난처하시겠어요."

"…네. 갑자기 일어날 수도 없고 말하지 않고 그냥 있기도 그렇고 뭐라고 말을 끼어야 할 것 같은데 그 주제에 관심이 없으니 할 말도 없습니다. 이럴 때는 어떻게 해야 합니까?"

"그렇게 흥미도 관심도 없고 웃기지도 않은 이야기를 하는 그 자리에 왜 함께하세요?"

"…이유야 여러 가지이지만 혼자만 빠질 수도 없고 사람들과 잘 지내고 싶고 공감되는 이야기가 나올 때도 있고, 위로도 받고, 또 정보도 듣고 무엇보다 좋은 사람들이라 잘 지내고 싶습니다."

"조금 전에 말한 것처럼 혼자 배척당하기도 싫고 혼자 빠질 수 없네요. 또 위로도 받을 때도 있고 정보도 들을 수 있고 무엇보다 좋은 사람들과 잘 지내고 싶군요."

"…네. 모두 좋은 사람이라 잘 지내고 싶고 저도 그들에게 좋은 사람이 되고 싶습니다."

"좋은 사람들과 잘 지내고 그분들에게 성하 씨도 좋은 사람이 되고 싶으시군요."

"…네. 사실 이런저런 이유는 많지만, 회사 사람들과 잘 지내고 그 사람들에게 좋은 사람이면 좋겠습니다."

단맛의 차를 마셨더니 입안이 달달했다. 성하 씨에게 녹차를 권했고 기다렸다는 듯이 흔쾌히 승낙했다.

"그림 작품에 바탕색의 중요성에 대해서 어떻게 생각하실까요?"

"…매우 중요하다고 생각합니다."

"매우 중요하군요. 왜 그렇게 생각하세요?"

"…그림이 좋아도 바탕색에 따라 그 그림이 튀고 묻힐 수 있으니 바탕색이 중요할 거라고 생각이 듭니다."

"그러면 그림에 사물보다 바탕색이 더 중요한가요?"

"…그렇기보다는 서로 잘 대비되거나 조화로워야 그림이 완성될 것이니 무엇이 더 중요하다고 보기는 어렵다고 생각 듭니다."

"작품에 사물도 중요하지만, 그 못지않게 바탕색도 중요하다는 말씀 같네요."

"…제 생각은 그렇습니다."

"그렇군요. 회사 분들과 모여 있을 때 중요한 바탕색 역할하시면 될 것 같아요."

신중해졌고 엄지와 검지가 바쁘게 입술을 만졌다. 한참을 만진 후에 차로 입술을 적셨다.

"…조금 전 말씀과는 다르신 것 같은데 이해가 되지 않습니다."

"이해되신 그것까지 말씀해 주시겠어요?"

"…조금 전에는 잔칫집에서는 신나야 하고 상갓집에서는 통곡해야 한다고 하셨는데 여기서는 바탕색으로 있으라고 하시니 어떤 것을 해야 하는 것인지 이해되지 않습니다."

"바탕색이 뭐를 하는 것이라고 생각이 드셨나요?"

"…뒤로 빠져 있는 것이라고 생각이 들었습니다."

"아, 그래요? 빨간 사과 그림이 있어요. 그럼 이 그림의 주인공은 무엇일까요?"

"…사과입니다."

"이 사과가 이쁘게 멋지게 보이려면 바탕색은 어떤 색이어야 할까요?"

"음……. 하얀색이어야 사과가 돋보일 것 같습니다."

가을이 가고 겨울이 오는 길목에 옅은 회색 셔츠, 그 위에 깔끔한 검정 스웨터, 구김이 없는 잿빛 바지를 입은 청년이 내 앞에 앉아 있었다.

"그 흰색의 바탕색은 사과 뒤로 빠져 있나요?"

"…아니요."

"넓은 바다가 멋지게 보이려면 바탕색은 어떤 색이어야 할까요?"

"…바다 색깔보다는 옅거나 짙은데 너무 튀지 않게 바다와 비슷한 하늘색이 좋을 것 같습니다."

"오호 그렇군요. 그 그림 상상만 해도 참 좋네요. 그 바탕색은 바다 뒤로 빠져 있나요?"

"…아니요."

"이 질문을 왜 하는 것 같나요?"

"…바탕색이라고 해서 뒤로 빠지는 게 아니라 메인 그림과 붙어 있어야 한다는 것을 말하는 것 같습니다."

"어떻게 생각하세요?"

"…맞는 말씀인데 어떻게 해야 하는지를 모르겠습니다."

"천천히 생각해 보시게요. 어떻게 해야 바탕색이 메인 그림과 붙어 있으면서 메인을 돋보이게 하고 잘 어울릴 수 있을까요?"

"…메인 그림이 튀게 멋지게 있어야 하는데……."

"바탕색으로 있어 본 적 있으신가요?"

"…아니요. 생각해 보니……. 바탕색으로 있어 본 적이 없는 것 같습니다."

우러나온 녹차를 찻잔에 또르르 소리가 들리게 두 잔을 담아서 각각 앞자리에 놓았다.

"회사 사람들이 회사에 낙엽이 팔백칠십오 개 떨어졌다, 아니다, 팔백칠십 세 개가 떨어졌다고 하면서 관심과 흥미 재미를 더해서 웃고 몰입해서 이야기해요. 이런 이야기 어떠세요?"

"…실제로 그런 것 이야기해요. 아무 의미 없는 반찬이 어쨌다, 소개팅 앱이 어쨌다, 코인이 어쨌다는 것과 같은 의미 없는 대화들을 하십니다."

"성하 씨 입장에서는 의미가 없겠지만 그분들은 그것이 관심사, 흥미, 재미니까 말하는 것이잖아요. 그런 그분들과 잘 지내고 싶고 좋은 사람이 되고 싶고요."

"…네."

"그분들을 메인 그림으로 봐보시게요. 회사에 낙엽이 팔백칠십오 개 떨어졌다, 아니다, 팔백칠십 세 개가 떨어졌다고 하면서 관심과 흥미, 재미를 더해서 웃고 몰입해서 이야기해요. 그때 바탕색은 뭐라고 해야 할까요?"

"음……. 아, 그렇군요."

"바탕색의 중요한 역할은 메인 그림을 돋보이게 튀게 해 줘야 한다고 하셨지요. 조금만 더 메인 그림이 돋보이게 해 보시게요."

"음……. 아, 그래요? 어디 낙엽이요? 이렇게요……."

"아직 메인 그림이 돋보이지 않아요. 조금만 더 해 보실까요?"

"하……. 아, 그래요? 어디 낙엽이요?"

"해 보시니까 어떠세요?"

"하……. 힘드네요. 어렵습니다."

"수고하셨어요. 그런데 왜 힘들고 어려울까요?"

"…제가 관심이 없고 흥미가 없는 것이고 재미도 없는데 일부러 하려니까 어렵습니다."

"이야기 주제 말고 사람에게 관심 두고 바탕색을 해 보시게요. 이야기 주제에는 관심과 흥미가 없지만 성하 씨는 회사 분들에게 관심이 있고 흥미가 있으니 그분들과 잘 지내고 싶으신 것이지요?"

"…그분들에게 관심이 많이 있습니다."

"사람에게 관심 두고 바탕색 해 보시게요. 이 말 어떻게 이해되셨을까요?"

"…특정 주제가 아니라 사람에게 관심을 두고 대화하라는 말로 이해되었습니다."

"좋아요. 해 보실 수 있으실까요?"

차분한 눈동자가 반짝 빛이 났고 빛난 눈빛은 이내 차분해졌다.

"다시 시작해 보시게요. 회사에 낙엽이 팔백칠십오 개 떨어졌다, 아니다, 팔백칠십 세 개가 떨어졌다고 말하고 있어요. 그때 바탕색은 뭐해야 할까요?"

"음……. 음……. 낙엽에 관심이 있으신가 봅니다."

"오호 그렇지요. 또요."

"음……. 언제 세어보셨어요. 일찍 출근하셨어요?"

"그렇지요. 잘하고 있어요. 또요."

"…팔백칠십오 개를 세셨다니 대단하세요."

"오 너무 잘하세요. 완전히 잘하세요. 또요."

"…팔백칠십오 개와 팔백칠십……."

"팔백칠십 세 개."

"…팔백칠십오 개와 팔백칠십 세 개 세신 두 분 다 대단하세요."

"오호 잘하시네요. 완전히 잘하시는데요. 어떠세요?"

"…혼란스럽긴 한데…. 잘한다고 하시고 하는 동안 저도 처음보다는 덜 어려워서 하긴 했지만 맞는 것인지는 모르겠습니다."

"잘하셨어요. 회사 가서서 사람에게 관심 가지고 바탕색으로 있기를 숙제로 해 오시는 거 어떠세요?"

"…사람에게 관심 가지고 바탕색으로 있기……."

"이거 무슨 말인 것 같으실까요?"

"…제가 관심 없는 주제나 제가 모르는 주제가 나오면 그 주제에 집중하지 말고 사람에게 집중하라는 말씀 같습니다."

"조금 전에 잔칫집에서는 풍악, 상갓집에서는 통곡이라고 해 놓고 왜 그림에서는 바탕색이라고 하는지 혼란스럽다고 하셨는데 이것은 어떻게 정리가 되셨을까요?"

"…조화라고 이해되었습니다."

"조금 더 말씀해 주시겠는지요?"

"…상황이 다르니 상황에 맞게 조화롭게 있어야 하는 것으로 생각하였습니다. 생각은 되었는데 회사에서 잘할 수 있을지는 모르겠습니다."

"조화……. 참 지혜로운 말이네요."

튄다는 것이 마음에 걸리고, 모난 돌이 정 맞는다는 말이 떠오른다는 이 청년의 포장지 속에 무엇이 있을지 가늠해 보았다.

조화를 이뤄 간다는 것은 상황 속에서 나를 조율하는 것이라고 생각이 들었다. 그릇에 따라 물의 모양이, 태양의 상태에 따라 바다의 색깔이 바뀌는 것이 아니라 그릇과 물이 조화를 이루는 것이고 태양의 상태와 바다의 색깔이 조화를 이루는 것이라고 생각이 든다.

쌀이 매질을 만나면 떡이 되지만 쌀의 존재감은 있다. 쌀이 물과 불을 만나면 밥도 되고 죽도 된다. 쌀이 양념을 만나면 김칫국물이 된다. 이때도 쌀의 존재감은 있다.

계절과 나무가 만나서 매일매일 시간의 조화를 이루지만(변하지만, 이라고 표현해도 무관할 것 같다. 하지만 나는 바뀌거나 변화가 아니라 성하 씨가 말한 '조화'라는 단어가 마음에 쏙 들어 이 단어를 사용하기로 했다.) 계절과 나무에도 본질의 존재감이 있다.

흰색에 검은색을 섞으면 회색이 되고, 흰색에 파란색을 섞으면 하늘색이 된다. 흰색에 주황색을 섞으면 살구색이 되고 흰색에 빨간색을 섞으면 분홍색이 된다. 회색에서 검은색을 빼면 다시 흰색이 되고, 하늘색에서 파란색을 빼면 다시 흰색으로 돌아온다. 살구색에서 주황색을 빼면 흰색이 되고, 분홍색에서 빨간색을 빼면 흰색으로 돌아온다.

성하 씨가 말한 자존감이 낮다는 말은 존재감이 뿜뿜!!이 되지 않을 때 느껴지는 감정으로 이해되었다. 성하 씨가 말할 때 나는, 내가, 내게, 나 즉, '자아'가 문장의 앞에 지속해서 표현되었다. 많은 상황에서 자기의 존재감이 또렷했기에 어려웠을 수밖에 없었을 것이라고 생각이 들었다.

자아의 한자 뜻이 궁금해서 찾아보니 스스로 自, 나 我. 我에 창이 있었다. 나를 지키기 위해 들고 있는 창이 선하길 기도한다.

익숙한 일상으로 돌아가는 청년의 눈빛은 여전히 차분했고 머릿결도 여전히 반짝였으며 문 앞에서 신발을 신는 청년의 아우라는 '댄디'했다. 한 주 동안 세상에서 살아내다가 다시 올 그 청년에게 선한 기운을 담아 "수고하셨습니다."라고 인사를 했다. 그 청년도 여전히 이곳에 있을 나를 의심하지 않은 듯 "안녕히 계세요."라고 인사를 했다.

창밖으로 보이는 세상은 몇 시간 전과 또 다른 조화 이루고 있었다. 하얀 구름과 하늘색 바탕에 가득 차 있었던 하늘은 어느새 주황빛으로 온통 조화를 이루며 노을이 뉘엿 지고 있었다. 존재감 있는 세상의 모든 것들의 조화가 참으로 '자존'했다.

맺는 글

멋진 삶이란, 진정한 자기를 발현하는 것이고,
대표강점과 덕목을 충분히 계발하고 발휘함으로써
인생의 중요한 영역에서 의미 있는 삶을 구현하는 것이다.
- 周幸星, 남승규 교수

많은 사람이 자신이 가장 어렵다고 합니다. 저 역시 제가 가장 어렵습니다.

머리는 맞다고 하는데 마음이 싫다고 하고, 그때는 '그' 마음이 분명했는데 이제 와 보니 '이' 마음이 확실할 때가 있습니다. 또, 아무도 모르게 숨겼던 마음을 정작 아무도 몰라주면 그렇게 서운합니다. 직선적인 친절이 편하다가도 어느 날은 직구라 싫고, 곡선인 친절이 고맙다가도 어느 날은 빙 돌리는 것 같아 번거롭습니다. 하도 마음이 복잡할 때는 우리 집 강아지와 제 마음을 바꾸고 싶을 때도 있습니다. 머리로는 '그래, 깔끔하게 지나가자.' 하는데 마음에 사는 아이가 나타나 삐져서 꽁~ 할 때가 있고, 마음이 붙잡는 생각과 생각이 밀어내는 마음에 보대낄 때가 있습니다.

이유 없이 밉고 싫은 사람이 사실은 내가 하고 싶은 것을 해서 질투 난 것이 알아차려지면 현타가 옵니다. 이렇게 모순적인 제가 참 어렵고 이 어려움은 저만 겪고 있는 것 같아서 슬프기까지 합니다. 내 인생이 나만큼 절절하게 느껴지는 사람이 없고 내 삶의 역사를 나만큼 잘 아는 사람이 없으니 답답함이 더해져서 나타납니다.

자기 문제가 자기만큼 절절하고 답답한 사람이 누가 있을까요?

희망을 품으라고 하는데 내게 희망이 무엇인지 감이 오지 않을 때가 있습니다. 금전적 자유, 명문 대학 입학, 좋은 사람과 결혼, 회사에서의 승진, 교우 관계 개선, 자식의 성공, 자랑스러운 명예……. 수많은 예시에도 내가 품어야 할 희망이 무엇인지 알 수 없을 때가 있습니다.

자기를 신뢰하고 살라고 하는데 내가 신뢰한다는 기준은 무엇인지, 내가 신뢰하는 지점이 무엇인지 모르겠습니다. 죽음까지도 함께할 수 있는 지점? 시간 약속을 잘 지키는 지점? 거짓말을 전혀 하지 않은 지점? 선의의 거짓말은 이해되는 지점? 저만 이렇게 저를 모르겠는지, 저만 이렇게 제 모순이 어려운지, 다른 사람들은 모순이 없는지 만약 저와 같다면 어떻게 지나가는지 참으로 궁금합니다.

한때는 내게 내가 너무 어려워서 외부를 배워 보려고 했습니다. 외부를 많이 안다고 해도 어느 순간까지는 수월할 수 있지만 나를 알지 못하고 외부를 아는 것을 가지고 세상에서 살아 내기에는 한계가 있었습니다. 이 한계는 나를 모르는 만큼의 빈도로 자주 삶에 나타나고, 그럴 때마다 한계에서 어려움이 체감되었습니다. 내 마음이 왜 이런지, 내 생각은 왜 이런지 나를 알지 못하고서 한계를 넘어가는 방법을 저는 찾지 못하고 있습니다.

그래서 나를 이해하는 것은 삶을 풀어 가기 위한 시작이고 핵심이며, 나 자신을 성장하는 것의 필요충분이라고 알게 되었습니다. "자기 이해"가 되지 않은 상태에서 성장한다는 것은, 단단한 돌덩어리가 땅속에 품어져 깊은 뿌리 내림을 방해하는 것과 유사하지 않을까 생각이 들었습니다.

더 좋은 삶을 살기 위해 많은 사람은 '나로서 살고 싶다.' '진정한 나를 찾아서.' 등의 말들을 합니다. 나를 알고 수용하며 성장해 가는 과정 중에 치열함과 따뜻함을 채워서 삶이 더 유연해지는 것은, 사람이 순리로 살아갈 수 있게 지지해 줄 것이라고 염원합니다.

사람은 행복의 자리로 가기 위해 자기의 삶을 스스로 도울 지혜가 있다고 생각합니다. 우리는 상황 상황에서 행복을 찾고, 원하지 않은 불행을 만날 때도 최소한의 방식으로 나를 보살핍니다. 어쩌면 이 최소한의 방식이 타인의 눈에는 좋아 보이지 않고 나 스스로도 만족하지 못할 수 있습니다. 그러더라도 그때 그날, 내가 내게 해 줄 수 있는 선한 보살핌을 했다고 생각합니다.

삶이 힘들 때 내 곁에 한 명의 지혜로운 친구만 있다면 나시 마음을 갖춰 내 삶에 시간을 보살필 수 있을 것입니다. 이 책이 당신에게 지혜롭고 선한 친구이길 소망합니다. 2편으로 만나는 날까지 우리 각자 있는 곳에서 복으로 있기를 소망합니다.

「OXYMORON 옥시모론(혹시모른)은 모순어법으로 대립적인 어휘를 통사론적 연결을 통해 통합시킴으로써 결과적으로 매우 강한 모순적 긴장을 형성시키는 수사법으로 이는 반어나 역설과는 다르다. 반어의 경우에는 현실과 기대 지평 사이의 괴리를 상정하고 있지만, 모순어법에서는 이러한 괴리가 나타나지 않는다.

서로 모순되는 어구를 나열하는 표현법으로 모순어법, 모순형용(矛盾語法, 矛盾形容, oxymoron)이라고 한다. 그리스어 어원은 oxus=sharp, moros=foolish이다. 이 어원과 같이 이치에 어긋나거나 모순되는 진술(모순 형용)을 하지만 그 속에 절실한 뜻이 담기도록 하여 표현하는 것으로 극적인 긴장감을 조성하며 미묘한 정서적 반응을 일깨우는 효과가 있으며 모순어법에서 제시되는 두 가지 어휘는 모순되듯이 보이지만 실제로는 결합하여 있다.」

참고문헌

김영혜 외 (2017). 《최신 인간성장발달과 건강증진》. 경기: 수문사

박서원 (2023). 〈시의 아이러니적 주체와 모순어법-초기작을 중심으로〉. 한국시학연구. 73, 123-161

앙투안 드 생텍쥐베리 (2000). 《어린왕자》. 서울: 비룡소

이상섭 (2001). 《문학비평용어사전》. 서울: 민음사

천성문 외 (2022). 《상담심리학의 이론과 실제》. 서울: 학지사

혹시 모른(oxymoron)
내 마음 ❶

ⓒ 김민전, 2023

초판 1쇄 발행 2023년 10월 19일

지은이 김민전
펴낸이 이기봉
편집 좋은땅 편집팀
펴낸곳 도서출판 좋은땅
주소 서울특별시 마포구 양화로12길 26 지월드빌딩 (서교동 395-7)
전화 02)374-8616~7
팩스 02)374-8614
이메일 gworldbook@naver.com
홈페이지 www.g-world.co.kr

ISBN 979-11-388-2392-0 (03810)